光文社文庫

文庫書下ろし／長編時代小説

父子桜《おやこ》

春風捕物帖㈡

岡本さとる

この作品は光文社文庫のために書下ろされました。

目次

第一章　父子《おやこ》桜……9
第二章　正義の師……80
第三章　夏の風……152
第四章　宿敵……218

音羽
護国寺
至板橋宿
早稲田村
江戸川
桜木町
江戸川橋
大塚
巣鴨
市谷
赤城明神
納戸町
石切橋
日光御成街道
御薬園
若宮八幡宮
神楽坂
切支丹坂
中山道
小日向馬場
番町
牛込御門
伝通院
小石川
白山
田安御門
駒込
清水御門
小石川御門
六義園
春日町
水道橋
千駄木
神田川
本郷
道灌山
駿河台
霊雲寺
根津
根津権現
日暮里
神田明神
不忍池
鍛冶町
昌平橋
湯島天神
忍ヶ岡
筋違御門
昌平坂
明神下
池之端仲町
弁天
仁王門前町
寛永寺
東叡山
根岸
谷中
和泉橋
内神田
外神田
下谷広小路
佐久間河岸
神田佐久間町
神田相生町
下谷練塀小路
御徒町
下谷金杉町
通油町
新シ橋
向柳原
下谷山崎町
通塩町
柳原土手
左衛門河岸
三味線堀
広徳寺
下谷竜泉寺町
浄閑寺
汐見橋
両国広小路
幡随院
薬研堀
米沢町
浅草橋
茅町
猿屋町
甚内橋
元鳥越町
阿部川町
新吉原
両国橋
柳橋
新堀川
日本堤
横網町
大川
森田町
御米蔵
東本願寺
日光道中
一ツ目之橋
回向院
首尾の松
御蔵前
御蔵前通り
浅草寺
奥山
浅草
小塚原
御竹蔵
御厩河岸之渡し
浅草広小路
雷門
駒形町
浅草観音
山谷町
新鳥越橋
山谷堀
二ツ目之橋
石原町
花川戸町
揚場
竪川
本所
南割下水
竹町之渡し
吾妻橋
今戸橋
今戸町
白鬚之渡し
源森橋
三ツ目之橋
北割下水
源森川
小梅村
三囲稲荷
向島墨堤
長命寺
木母寺
入江町
北辻橋
大横川
法恩寺橋
寺島村
新辻橋
業平橋
亀戸村
小梅村
四ツ目之橋
押上村
天神橋
横十間川

天現寺
渋谷川
麻布新町
善福寺
四ノ橋
古川町
仙台坂
六本木
氷川明神
赤坂
元赤坂町
喰違見附
平河町
四谷御門
赤坂御門
市兵衛町
飯倉片町
麹町
溜池
三ノ橋
二ノ橋
一ノ橋
中之橋
赤羽橋
葵坂
千鳥ヶ淵
半蔵御門
西之御丸
三田町
至品川宿
愛宕山
虎之御門
増上寺
新シ橋
外桜田御門
雉子橋御門
内桜田御門
一橋御門
江戸城
本芝
金杉町
六軒町
南町奉行所
和田倉御門
幸橋
土橋
金杉橋
浜松町
芝神明町
宇田川町
芝
北町奉行所
数寄屋橋御門
大名小路
神田橋御門
汐留橋
常盤橋御門
三十間堀
銀座町
竜閑橋
金杉川
濱御殿
数寄屋町
一石橋
本町
木挽町
京橋
本材木町
本両替町
日本橋
弾正橋
楓川
魚河岸
大伝馬町
築地本願寺
八丁堀
本八丁堀
組屋敷
八丁堀
海賊橋
江戸橋
荒布橋
西本願寺
亀島町
坂本町
南茅場町
日本橋川
小網町
中之橋
亀島川
南小田原町
川口町
霊岸橋
元大坂町
稲荷橋
一ノ橋
新川
箱崎橋
鉄砲洲
高橋
浜町
松島町
行徳河岸
浜町堀
高砂橋
二ノ橋
箱崎町
箱崎川
佃島
霊岸島
豊海橋
浜町河岸
永久橋
石川島
永代橋
川口町
万年橋
新大橋
御船蔵
佐賀町
上之橋
緑橋
大島町
材木町
油堀
海辺大工町
六間堀
江戸湊
富岡橋
仙台堀
永代寺
海辺橋
高橋
越中島
蓬莱橋
富岡八幡宮
深川元町
弥勒寺
霊巌寺
亀久橋
小名木川
汐見橋
深川
洲崎
入船町
新高橋
西
北
東
猿江橋
0
1km
大島橋

【主な登場人物】

春野風太郎……南町奉行所定町廻り同心。「八丁堀のもて男」。しかし、直心影流をはじめ、武芸を一通り身に付けており、奉行所随一の捕縛術の遣い手でもある。

竹造……風太郎の小者。

喜六……風太郎から手札を預かる御用聞き。通称〝笠喜の親分〟。親から継いだ鉄砲洲の笠屋の主でもある。

大庭仙十郎……春野家の若党。

加助……喜六の手下。

佐吉……喜六の手下。

礼次……上方下りの小間物屋。色白の二枚目で、機転が利き、本業以外の小回りの用を頼まれることが多い。

お松……日本橋の芸者。

野川兵衛……南町奉行所の老練な臨時廻り同心。

春風捕物帖

父子桜《おやこ》

第一章　父子桜《おやこ》

一

　春のうららかな陽光に照らされ、薄紅色《うすべに》の花弁《はなびら》を輝かせる桜を眺めていると、真《まこと》にうっとりとしてしまう。

　しかし、春野風太郎《はるのふうたろう》は、遊里《ゆうり》の灯《あかり》に照らされる、妖《あや》しげな夜の桜を愛《め》でるのもまた、好きである。

　南町奉行所での務めを終えて、堀端を北へ行き八丁堀《はっちょうぼり》へ戻る道中、檜物町《ひものちょう》、数寄屋町《すきやちょう》辺りへさしかかると、この夜桜がきらきらと迫ってくる。

「ああ、今年もまた咲きやがったぜ。こいつを見ていると、何だか気が浮かれちまっていけねえや」

風太郎は、供をしている小者《こもの》の竹造《たけぞう》に、呟《つぶや》くように言った。

「ずうっと咲いていれば、浮かれたりもしなくなるのでしょうねえ」

「竹造、お前なかなか乙《おつ》なことを言うねえ。そうだな、すぐに散るから惹《ひ》かれるんだろうなあ。となりゃあ、人はできるだけ長《なげ》えこと咲いていてえもんだぜ」

「旦那様は、年がら年中咲いておいででしょう」

「ははは、そんな奴《やつ》はいねえよう」

従者と笑い合いながら道行く八丁堀の旦那は、実に男がよくて、ほどがよい。すれ違う町のそれ者風の女達は、皆、艶《なま》めかしいしぐさで小腰《こごし》を折って、風太郎の気を引かんとした。

風太郎は、いちいち会釈《えしゃく》をしつつ、

「どこを見渡しても花盛《ざか》りだなあ」

ますます浮かれていると、

「旦那……」

ちょっとばかり拗《す》ねたような女の声に呼び止められた。

「何だ、お松《まつ》か……」

声の主は、この界隈《かいわい》では知らぬ者のない名妓《めいぎ》・お松であった。

「何だじゃありませんよ。どこで浮気をしようとしているのですよう」

「何言ってやがるんだ。売れっ子の姐《あね》さんがよう」

これからどこぞのお大尽《だいじん》の座敷へ出るところなのであろう。箱屋を従え左褄《ひだりづま》を取るお松の姿は、満開の桜木一本分に匹敵するほどの華やかさである。

「いくら売れたって、旦那が呼んでくださらないなら、せんないことですよう」

「まあ、そのうちにな」

「そのうちというのは、いつのことなんでしょうねえ」

お松に遊里で色っぽく睨《にら》まれると、恥ずかしくなってくる。

「さあさあ、行った行った……。今日の座敷はあすこだろ？」

風太郎は、目の先にある料理茶屋を顎《あご》でしゃくってみせた。

ちょうどそこへ、料理茶屋の前へあんぽつ駕籠《かご》が止まって、中から十徳《じっとく》を羽織った総髪《そうはつ》の、見るからに身分の高そうな医者が出てくるのが見えた。

歳は四十手前。鼻筋が通った涼やかな顔には、名医の威風が漂っている。

「あれは、確か薬研堀《やげんぼり》の……」

「ええ、望月州白《もちづきしゅうはく》先生ですよ」

「やはりそうか。今は引く手数多《あまた》で、随分と羽振りも好《い》いようだが、あの先生も

「ええ、そのようで。お酒の席に腕の好い医者がいると心丈夫《こころじょうぶ》だからって、このところは方々のお大尽からお誘いがかかるみたいで、よく居合わせますよ」

「そうかい、ちょいと妬《や》けるねえ」

「まあ、心にもないことを……」

「しっかりとお稼ぎよ」

風太郎は、何かまだ言いたそうなお松に背を向けて歩き出した。

「町医者もああなれば、大したものですねえ」

竹造が珍しく、皮肉な物言いをした。

どうも州白という医者が、いけ好かないらしい。

日頃は口数も少なく、黙々と用をこなす竹造であるが、なかなかに人を見る目
があり、好き嫌いもはっきりしている。

近頃売り出し中の望月州白については、竹造の耳にもあれこれ噂《うわさ》が届いてい
るのであろう。

もちろん風太郎も、その噂がどのようなものかはわかっているし、名医と謳《うた》わ
れている彼の身上《しんじょう》は一通り頭に入っている。

府、今に至る――。

一介《いっかい》の浪人の子に生まれたが、子供の頃から学才を発揮し、長崎《ながさき》留学を経て帰

医術については、やっかみもあって腕のほどを怪しむ者もいるが、男振りがよく、口跡《こうせき》爽やかで、商家のうるさ型の内儀《ないぎ》達も、州白に診立てられると、たちまち大人しくなり、言われたままに養生をする。

それが何よりも商家の旦那衆に重用《ちょうよう》される理由のようだ。

しかし、竹造から見ると、見た目のよさと口先だけで世の中を渡り、毎夜のごとく旦那衆のお呼ばれで飲み歩いているように映る州白が、どうも気に入らないのであろう。

風太郎には、竹造の想いはよくわかる。彼の意を汲《く》んで、

「まあ、何とはなしに気に入らねえ野郎だが、医者の夜遊びは大目に見てやりな」

ニヤリと笑って告げた。

「おれ達もそうだが、人の生き死ににいつも向き合う者は、飲んでねえとやってられねえもんだからよう」

「それは……、旦那様の仰《おつしや》る通りで……」

竹造は神妙に頷《うなず》いた。

彼とてその経験はある。

風太郎の供をして、何度も抜け骸《がら》となってしまった死人の姿を見た。

中にはつい先日まで、元気で町を歩いていた者もいた。

峻烈《しゅんれつ》なる追捕《ついぶ》によって追い込まれ、命を落す悪人もいる。

それらを目《ま》の当りにした時は、善悪の別なく空《むな》しさを覚え、飲まずにいられなくなったものだ。

代々将軍家の刀剣一切を司《つかさど》り、処刑の首切り役をも務めていた山田浅右衛門《やまだあさえもん》家は、首切り役を務めた日は、自邸へ出入りの商人や町の者達も呼んで散財するらしい。

「原口《はらぐち》先生もしかりさ……」

「左様でございました」

風太郎の一言で、竹造は沈黙した。

原口先生というのは、儒医・原口楽庵《らくあん》のことである。

楽庵は、風太郎の亡父・雷蔵《らいぞう》とは昵懇《じっこん》の間柄で、

「まず春野家の息災《そくさい》は、わたしにお任せあれ！」

楽庵は、八丁堀の組屋敷を訪ねてきては、酒に酔って豪語していた。

それが八年前、まだ五十半ばで雷蔵が亡くなり、それからすぐに、妻女で風太郎の母・若栄《わかえ》が後を追うように逝ってしまった。

「わたしの医術が余りにも不甲斐《ふがい》なかった。許してくだされや……」

楽庵は自分の施術に失望して、

「楽庵殿に命は預けているのだから、まず安泰だ……」

と、病の床で笑顔を絶やさなかった雷蔵と、

「わたしが死んだとて、それは寿命というものです。くれぐれも気遣いなきように願います」

と、やさしく声をかけてくれた若栄を想い、しばらくの間は飲んだくれていた。

竹造は、その時のことをよく知っているゆえ、医者の気持ちも少しはわかるのだ。

風太郎は、二親の死がふと頭を過《よぎ》り、楽庵を思い出した。

それゆえ、州白に理解を示したのであるが、竹造を沈黙させるまでもなかったと考え直して、

「だがよう、原口先生のような誠実な医者かどうかとなると、望月州白ってえの

は、どうも好きにはなれねえな。町医者が毎夜のように飲み歩いているんだ。おれ達もちょいと、一杯やろうじゃあねえか……」

と、盛《さか》り場《ば》をうろつき始めた。

どこへ行っても、

「春の旦那……!」

と、喜んで迎えてもらえる風太郎であった。

夜の賑《にぎ》わいを見ていると、何やら物寂しくなってきたのだ。

「旦那様、よろしいんですか?」

遠慮をする竹造を連れて、その夜風太郎は、日本橋《にほんばし》の遊里で、夜桜見物と洒落《しやれ》込んだのである。

二

桜も散り始め、浮かれた気持ちが少し落ち着きを取り戻した頃。

御用聞きを務める、笠屋《かさや》の喜六《きろく》が、

「旦那、ちょいと厄介なことが起こっております」

と、春野風太郎に、ある相談を持ち込んできた。

「厄介なこと？」

「それが……、薬研堀の乗物《のりもの》医者なんですが……」

乗物医者とは、往診に自家用の駕籠《かご》の使用を、奉行所から認められた町医者を指す。

徒歩《かち》医者とは違って、かなりの上級の医者で、薬研堀といえば、

「望月州白のことかい」

となる。

「さすがは旦那、よくご存知で……」

「屋敷へ帰る中に夜桜を楽しんでいたら、毎夜のように数寄屋町辺りで、お大尽達に呼ばれて遊んでいやがるのが目に入ってな」

「そうでやしたか……」

「まあそれで、竹造と二人でやっかみながら腐《くさ》していたところさ。で、奴がどうかしたかい」

「へい。往診に出たまま、家に戻ってこねえというんですよ……」

「ほう、そいつを誰から？」

「望月先生のご新造《しんぞう》から、内々に当ってくれねえかと頼まれましてね」

望月州白の妻女は、留衣《るい》という。

父親もまた蘭方医《らんぽうい》で乗物医者であった。

しかし、長崎留学の経験はなく、長崎帰りの州白に目を付け、娘の婿として彼の後押しをした。

それによって、州白は義父が三年前に没した後、跡を継ぐ形で名医への道を一気に歩み出したのである。

つまり留衣には、州白を世に出したのは自分あってのものだという想いがあり、まだ元服《げんぷく》前の息子を、夫以上の医者にする野望を心に秘めているようだ。

夫の失踪に大して大騒ぎをせずに、まずは御用聞きに話を持ちかけ、様子を見ようとしたのである。

家に帰ってこないのは、本人に何かやましいことがあるのかもしれない。

それが知れると、息子の将来に関わるゆえ、ここは慎重に州白の居処《いどころ》を探らないといけないのだ。

この辺り、口が堅くしっかりしているという理由で、喜六に声がかかったのは、喜ぶべきであろう。

喜六も竹造と同じ感情を望月州白に抱いていたが、行方《ゆくえ》知れずになったとは穏《おだ》やかでない。

まず考えられることを整理して、州白の行方を探ってやろうではないかという気持ちになったのだ。

だが、謎は深まるばかりで、なかなか糸口が摑《つか》めなかった。

日頃は往診に出かける時、必ずや駕籠に乗って出かける州白であるが、例外もある。

患者側は自分が医者にかかっていると知られたくないこともある。商売敵《がたき》に弱みを見せたくないからだ。

乗物医者の駕籠でのおとないはどうしても目立ってしまうので、

「そっと来てもらいたい」

と依頼される時もあるのだ。

そのような場合、州白は宴《うたげ》に招かれるような気楽さで、ただ一人、供も連れずに訪ねるようにしていた。

そういう気遣いも出来るのが州白の魅力であり、患者の容態によっては、そのまま泊まり込んで診察に当っていた。

昨日家を出たのも、それに当てはまる。

秘事はどこまでも守り抜かねばならぬのが信条の州白は、

「ちょっと出てきますよ」

と、どこに往診に行くのかも告げず、自分で診察の道具を、それとわからぬよう風呂敷包みにして家を出る。

それゆえ、急患に行った先の状況が思わしくなく、そのまま泊まり込んでいるのだろうと、妻女の留衣は思っていたのだ。

だが、そんな時は必ず、何らかの方法で家に状況を伝え、何時《いつ》何時《いつ》帰るので、

「心配なきように」

と、知らせてくるのが常であっただけに、留衣も居ても立ってもいられなくなったらしい。

駕籠で出かけていれば、一旦戻ってくる駕籠舁《か》きに様子を聞くことも出来るのだが、忍びで出たとなれば、そこがわからない。

といって、帰ってこない、行方知れずになったと騒ぎ立てるのも外聞《がいぶん》が悪いので、

「まず、親分にお出まし願ったわけでございます」

と、なったのである。

患者の状況に応じて、忍びで往診に出かけるというのはわかる。

しかし、患者はどのような手段を用いて、州白に往診を頼んだのであろう。

どこかの店の旦那からの依頼ならば、必ず誰かが遣いに来るはずだ。

いくらそうっと頼みに来たとしても、望月家には、内弟子と下男に女中、そして妻女の留衣と元服前の息子がいる。

「遣いの人がそっと訪ねて来ました」

それくらいはわかるであろう。

ところが誰も、そのような覚えはないと言う。

留衣は息子と共に出かけていた時分があったし、他の三人も家を出た瞬間はあったが、家に州白だけがいたという時はまずなかった。

となれば、前の日の外出の折に州白が直《じか》に誰かから頼まれていたか、遣いの者が州白の居室の窓の隙間《すきま》から結《むす》び文《ぶみ》をそっと差し入れたか、などが考えられるが、どれもしっくりとこない。

ただ、黙って行き先も言わずに、州白が留衣の留守中に出て行った。

それだけが確かな事実なのだ。

帰ってこないとなれば、逐電《ちくでん》したか、何らかの騒ぎに巻き込まれて身動きが取れないでいるか、辻斬りにでも遭って人知れず死んでしまっているか……。そのようなところに落ち着いてしまう。

そこで喜六は、考えられる立廻《たちまわ》り先を留衣から聞いて、そっと探りを入れてみた。

しかし、やはりどこにも州白の影が見えてこなかった。

「ご新造さん。こうなったら、あっしの旦那にお出まし願うしかありませんねえ。なに、春野様は何ごとにも話のわかるお人だ。表沙汰《おもてざた》にせずに、まずはそうっとお調べくださりますよ」

ことは早く進める方がいいと、喜六は留衣にそのように告げ、

「何卒《なにとぞ》よしなに願います……」

という次第になったのである。

「旦那、どんなもんでしょうねえ」

喜六はその日中に八丁堀の組屋敷に風太郎を訪ね、留衣から預かってきた謝礼の金子《きんす》を差し出しつつ、伺いを立てたのであった。

金子は五両あった。まずはお近付きの印というわけであろう。

「望月のご新造は、しっかり者だな」

風太郎は話を聞いて感じ入った。

名医で通っている夫が行方知れずとなったのだ。

大いにうろたえて、騒ぎ立ててもおかしくはないが、実に落ち着いた対処ではないか。

州白への情よりも、医家としての尊厳を守り、我が子の行末を確かなものにする。

留衣の覚悟が窺《うかが》われる。

州白が夜な夜な遊里ではしゃいでいても、それも医者の仕事のひとつ、我が子の出世への道筋なのだからと割り切り、するようにさせているのであろう。

宴席では楽しんでいても、州白はそんな妻の強さを肌で感じていて、どこかびくびくとしているのではないだろうか。

それを思うと、風太郎は少しだけ州白に親しみと滑稽《こっけい》さを覚えた。

「まあ、気に入らねえ奴だが……」

「あっしも同じです」

「ひょっとすると、州白は大変な目に遭っているかもしれねえな」

「へい」

「いずれにせよ放ってはおけねえや。ご新造には、望月州白は医者の不養生《ふようじよう》で、調子を崩していると言い繕《つくろ》うようにと、伝えておくがいいや」

「承知いたしました」

「さて、その間に、仕方がねえから調べてやるか。なあ、竹造！」

風太郎に声をかけられて、部屋の隅に控えていた竹造が、にこりと頬笑《ほほえ》んで畏《かしこ》まってみせた。

三

春野風太郎は、自分が表立って動くと騒ぎになるであろうと、喜六を手足のように使いながら智恵《ちえ》を絞った。

男が忽然《こつぜん》と姿を消す。

まず考えられるのが女の影だ。

付合いで、方々色気を売りにしたところへ顔を出すうちに、

「州白先生……」

と、女に惚《ほ》れられ迫られる。ほとんどは、遊里での手練手管《てれんてくだ》であるが、中には銭金抜きで惚れてくれる女がいるかもしれない。

喜六も竹造も、

「確かに男振りの好い名医ってことで、奴《やっこ》さんは女にもてるかもしれませんが、女が心底《しんそこ》惚れるほどの男ですかねえ……」

「玄人《くろうと》の女が欲得抜きに惚れるってことは、余程《よほど》のことですから」

と、首を傾《かし》げたが、

「親兄弟、恩人……。大事な人の病を治してくれたとなれば、女はぽーっとして、神や仏のように惚れちまうかもしれねえ。たとえそれが下心があってしたことでもな」

風太郎はそのような場合もあると見ていた。

「なるほど、〝ありがとうございました。先生のお蔭で命が助かりました〟なんて女が言えば、〝気にすることはない、医は仁術《じんじゅつ》だ〟なんて恰好《かっこう》をつけるんでしょうねえ」

そうなると女はイチコロだと、喜六は口惜《くや》しがった。

そこで一途《いちず》に自分を慕う女の心に、州白もほだされて恋に落ちる。そしてしっかり者の妻・留衣が疎《うと》ましくなり、二人でどこかへ行ってしまおうかと、手に手を取って旅に出てしまう。

ありそうな話ではある。

「だが、浪人の子に生まれて、ここまできた男だ。そんな深みにはまったりはしねえか……」

風太郎はすぐに思い直した。

しかし、近頃、これという女が出来て、そこへ通っていたとは考えられる。

留衣の亡父のお蔭で蘭方医としての地位を築いただけに、女の許《もと》には秘密裡《り》に通わねばならない。

忍びの往診はそのための方便《ほうべん》であったのかもしれない。

この推測には、喜六も竹造も大いに頷いた。

女の許にいそいそと出かけたが、その中《ちゅう》に何ごとかが、州白の身に起こった。

まずその筋を当ってみることにした。

風太郎は、はじめに芸妓のお松を坂本町《さかもとちょう》の家に訪ねた。

見廻《みまわ》りの中に前まできたので立ち寄った体《てい》にした。

朝の〝留湯《とめゆ》〟に、お松は時折、風太郎を挑発するように湯舟に潜り込んでくる。その折に、自分の住まいについては風太郎に知らせてあった。

「たまには覗《のぞ》いてやってくださいまし」

などと言葉を添えてのことだが、鼻の下を伸ばして訪ねるのも業腹《ごうはら》で、何か御用の筋がある時に顔を出してやろうと思っていたのだ。

「あら、旦那……」

風太郎の顔を見ると、お松はぽっと頰《ほお》を赤くした。

お座敷用の化粧をした顔も美しいが、薄化粧に格子《こうし》縞《じま》の着物の上から半纏《はんてん》を引っかけた姿も、婀娜《あだ》っぽくて匂い立つような色香に溢《あふ》れている。

そんな好い女に、

「ちょいと一杯やっていっておくんなさいまし」

と誘われるのを、

「いや、そんなんできたんじゃあねえんだ。ちょいとお前に教えてもらいてえ筋があってな」

などと、色気のない話をして、思い切りすかしてやろうという、悪戯《いたずら》に似たおとないも兼ねていたのだ。

お松は風太郎の意図を瞬時に察して、

「そんなことだろうと思いましたよ。まったく意地悪なお人ですねえ」

と、睨んでみせたが、そういう仕掛けをしてくる風太郎とのやり取りが、それはそれで楽しい。

「で、あたしに教えてもらいたいってえのは？」

つんと澄まして訊《き》き返した。

「それがよう、おれから訊かれたってことは内緒にしてもらいてえんだが」

「内緒話をあたしに？」

「お前を見込んでの話さ」

「そんならどうぞ……」

「薬研堀の乗物医者なんだが……」

風太郎は、望月州白が近頃入れあげている女がいないかを、お松に問うた。

「さあ、確かなことはわかりませんが……」

「思い当るところを聞かせてくれたらありがてえ」

「思い当るところでいうと、おさんさんですかねえ」

「おさんさん……。言い辛《づれ》えなあ」

「まったくで、ほほほ……」

お松は、風太郎とのこういう馬鹿馬鹿しいやり取りが好きであった。

からからと笑いつつ、おさんについて教えてくれた。

おさんは、南茅場町《みなみかやばちよう》に住む自前の芸者で、学者や絵師といった秀でた技能を持つ男に出会うと、すぐに惚れてしまうらしい。

州白がいる座敷へ呼ばれて行くと、必ずおさんがいて、始終そわそわとした目を州白に向けている。

「望月先生の方も、何やら目でものを言っているような」

「なるほど、お松が見てそう思うなら、きっとそうだぜ」

「先生、どうかなさったんですか？」

「いや、大したことじゃあねえのさ。売り出し中の医者を、妬《ねた》んだりする者も出てきて、何か騒ぎを起こさねえとも限らねえ」

「そんな様子はあるんですか？」

「いや、今のところそんなことはねえんだが、噂はしっかり仕入れておかねえと、いざって時に動けねえ。それで他ならぬお松姐《ねえ》さんに会って、教えておいてもらおうと、な」

「なるほど。まずあたしにはどうだっていい話ですがねえ。旦那のお役に立てるなら、もっと探っておきましょうか」

「いや、それには及ばねえよ。ありがとうよ、助かったぜ」

お松は、それでも一杯やっていってもらいたかったようだが、風太郎はそそくさと、お松が住む、洒落た格子戸のある仕舞屋《しもたや》をあとにした。

州白がおさんの許へそっと訪ねようとしたところ、何かが起こったとしたら、州白の命に関わる大事になりかねない。

のんびりと一杯やっている暇はなかった。

すぐに風太郎の指図を受けた喜六が、おさんに会い、

「お前の色恋を、どうこう言うつもりはねえんだが、昨日、お前は望月先生とここで会うつもりだったのかい？」

と、問いかけた。

「はい、左様で……」

おさんは顔を強張《こわば》らせてしどろもどろになった。

そして彼女は、州白とはわりない仲であり、南茅場町の住まいで、逢瀬《おうせ》を重ねていると、正直に告げた上で、

「その日はお越しになるはずだったのですが、会えないままに終ってしまい、随分と案じておりました」

「なるほど、やはりそうか」

「先生は、医者の不養生とやらで、家でお休みになっているとか」

留衣が流した方便が、既におさんにも伝わっていた。

そして、おさんは何も知らないようだ。

喜六はそのように見てとって、

「いや、先生がお前を気にしていなさったようだから、余計なことかと思ったんだが、それだけを伝えておこうと、ちょいと立ち寄ったのさ。しばらくは辛抱《しんぼう》するんだな。先生はそのうちまた、元気におなりだろうよ」

行方知れずになっていることは伏せて、別れたのであった。

風太郎は喜六からその報告を受けて、

「こいつは、ご新造にも伏せておくとしよう」

留衣の目を抜いて女に会いに行く州白の姿を思い浮かべて、苦笑いを禁じえなかったが、州白はその行動を何者かに読まれていて、襲われたのだろうと推量した。

「いってえ、どんな野郎が医者を襲ったんでしょうねえ」

「医者ってえのは、逆恨《さかうら》みされることも、よくあるらしいぜ」

風太郎は、以前、原口楽庵から、そんな話を聞かされていたのを思い出した。

まずは同業者。そして、診立て違いで身内の者を殺されたと、医者に一方的に恨みを抱く者などが考えられる。

「もう一度、洗ってみてくんな」

風太郎は喜六に命じた。

しかし、同業者がやっかんで、悪党達を雇って攫《さら》ったとは思えなかった。

州白と並び立つほどの医者はいない。そんなことをしても、自分の益《えき》にはならない。

となれば、診察に不満を持つ者がしでかしたのであろうか。

喜六は既にその線を調べてはいたが、改めて州白の診療に間違いはなかったか、怒ったり恨んでいると思われる者はいないか、記録を辿《たど》ってみるのだが、患者の身内と揉《も》めごとを起こしたこともない。

何《いず》れにせよ、州白は道中襲われ、連れ去られたと考える方がよいだろう。

そうだとすると州白が無事でいるとは思えない。

調べれば調べるほど、事態は暗澹《あんたん》としてきたのである。

四

「おい、お頭《かしら》の具合はまったくよくならねえ。これはどういうことだ」

狐《きつね》が言った。

「お前は天下の名医なのだろう。何をやってやがるんだ」

般若《はんにゃ》が続けた。

望月州白はこの二日の間、ずっと五十絡《がら》みの男の診立てを、狐と般若の命ずるがままにしてきたが、男の容態はまるでよくならない。

狐と般若はもちろん人間であるが、顔に面を被《かぶ》っていて、正体が知れない。

州白は気がおかしくなりそうであった。

あの日。州白は入れあげている芸者・おさんの許へ向かっていた。

家の者には、忍びの往診だとほのめかしてのことであった。

いそいそと南茅場町の女の家へ出かけると鎧《よろい》の渡しの隅で、いきなり覆面の男三人組に、

「ちょいと顔を貸しな」

と脅された。

三人組は州白の脇腹に匕首《あいくち》を突きつけていて、松林まで州白を連れて行くと、両手、両足を縛り、猿轡《さるぐつわ》をかませ目隠しをした上で、大八車《だいはちぐるま》に載っている、大きな長持《ながもち》の中へ押し込んだ。

時刻は夕方で、日はすっかりと暮れ始めていた。

松林には人気《ひとけ》がなく、まさか名医・望月州白が、このような目に遭わされているとは、誰も思わなかった。

大八車は一刻《いっとき》（およそ二時間）ばかり動いて、やがて止まった。

どこをどう走ったか州白には想像がつかなかったが、随分と遠くに運ばれたような気がした。

両手両足を縛《いまし》められ、猿轡までかまされ、狭い箱の中に押し込められたのだ。

暗闇の中、州白は恐怖に戦《おのの》いていて、

「このまま殺されるのか……」

長持が大八車から下ろされた時は、失神しそうであった。

「殺しはしねえ。少し待て……」

長持の外から男の声がした時は、幾分ほっとした。

それから長持の蓋《ふた》が開かれ、足の縛めが解かれた。

「出ろ」

男二人に両脇を抱えられ、州白は長持から出ると、一室に連れていかれた。

そこで手の縛めと猿轡を外され、その場に座らされると、

「言う通りにすれば殺しはしねえが、生きるも死ぬも手前《てめえ》次第と思うがいい」

どすの利《き》いた声で脅された。

医術には長《た》けているが、州白にはまったく腕力がなく、意気地《いくじ》がない。

「わ、わかりました。いったい何をすればよろしいんでしょうか」

ぶるぶる震えながら、縋《すが》るように言った。

男二人が嘲笑《ちようしよう》の声をあげた。

「天下の名医も、ざまあねえな」

「肚《はら》を据えやがれ……」

そして目隠しが外された。

州白は再び戦いた。

薄暗い部屋には、狐面と般若面の男がいて、州白に匕首を突きつけていた。

そして目の前には、床に臥《ふ》せっている老人の姿があった。

老人は、六十くらいであろうか。いや、五十くらいだが病を患《わずら》いそのように老けて見えるだけかもしれない。

頰はこけ、浅黒い顔にはまるで精気がなく、ぎょろりとした目が不気味な光を帯びていた。

狐と般若のように面を被っていないのは、病人ゆえのことで、二人は老人を、

「お頭……」

と呼んだ。

「おれ達は理由《わけ》あって、今は逃《のが》れの身だ」

狐が言った。

「だが、お頭の具合が悪い。そこで、お前に診てもらいてえ」

般若が続けた。

「は、はい……」

ことの次第はほぼわかった。

この連中は盗賊の類《たぐい》で、病に罹《かか》った頭目《とうもく》が、表立って医者にはかかれないので、医者を盗んできたのであろう。

盗人《ぬすっと》に見込まれるとは、まったく迷惑な話であるが、こうなったら診立てるしかない。

「承知いたしましたが、わたしは家へ帰してもらえるのでしょうか」

半泣きになりながら伺いを立てると、

「さっきも言ったように、生きるも死ぬも手前次第だ」

「盗人にも信義ってものがある。お前みてえに、物持ちの旦那衆ばかりを診立てて、毎夜のように人の銭で飲み歩いている者よりも、余程《よほど》人らしいぜ」

狐と般若は怒るように応《こた》えた。

州白は、このところ目立ち過ぎていた己《おの》が振舞《ふるま》いを悔やんだ。

この盗人達は、名医を盗むに当って、色々物色《ぶっしょく》した結果、望月州白が目に付いたのであろう。

調子に乗って芸者をものにして、せっせと通ううちに、それらの行動をすっかりと知られていたのだ。

「では、さっそく診せていただきましょう」

それから州白の療治《りょうじ》が始まった。

だが、

「どこがお悪いのでしょう」

と訊《たず》ねると、お頭はむすっとしたまま何も言わず、横から狐と般若が、

「見てわからねえのか」

「長崎帰りの名医なんだろう」

と、詰《なじ》った。

たとえば刀傷があるとか、打撲《だぼく》の跡があるならば処置のしようもあるのだが、見た目だけではなかなかわからない。

「下手《へた》な判断はできませぬゆえ、まずは症状をお教えいただきとうございます」

怒鳴りつけてやりたいところだが、州白も命あっての物種《ものだね》である。

辛抱強く訊ねた。

「お頭は、胃の腑《ふ》がきりきりと痛むそうだ。それと、胸に差し込みが……」

「時折、頭が割れるように痛むこともあるとの仰《おお》せだ」

お頭の代わりに狐と般若が応えた。

胃痛、胸痛、頭痛、これが重なり衰えているらしい。

——いかぬ。これは老衰というものではないか。

蘭方医とはいえ、体内の異常を手術をして見極めるほどの腕は持ち合わせてい

ないし、そんな道具もない。

今はとにかく、妻への言い訳のために持参した道具類と、一通りの薬で診察するしかなかった。

取り寄せろと言っても、逃亡中の身となれば、そうもいくまい。

「ならば、まずはお脈を……」

州白は、恐る恐るお頭の細い手首を取って、脈を取った。

いささか弱々しくはあるが、相当弱っているほどではない。

瞳孔《どうこう》を見ても、触診をしても、喉《のど》を覗いても、州白の目には、身動きがとれぬほどの重病人とは見えなかった。

それなりの歳になり、ここがおかしい、ここが弱ってきた、どこそこが痛んですっきりとしない、などと年寄りが自慢するかのように話したりする光景はよく目にする。

「先生、どこかがおかしいんですよ。自分の体は自分がよくわかっておりますからねえ……」

そんな理由で往診を頼んでくる、大店《おおだな》の主人もよくいる。

こういう患者は、体を気遣っているというより、医者との会話を楽しんでいるのだと思われる。

州白としては、いかに病に罹《かか》らずにすむか、日頃の心得を説き、薬などを処方しておくだけで用は足る。

そもそも裕福な旦那衆である。寒くなれば暖かい部屋に身を置き、日頃から滋養のある物を食べ、日々の糧《かて》に困らぬ精神の安泰がある。

暴飲暴食を慎《つつ》しみ、よく休み、駕籠には出来るだけ乗らず、歩いて足腰を鍛える。

そういう暮らしを勧めておいて、時に脈を取り、顔色を見て、不摂生を戒めておきさえすれば、多くの場合は病に罹らずにすむのである。

それでも早くに命を落す患者に対しては、予《あらかじ》め生来の体の弱さを指摘しておき、

「何度もお諫《いさ》めしたのですが、やはり御酒《ごしゅ》を過ごされたのでございましたねえ」

などと、さり気なく患者のせいにしてしまう。

「あれこれ気苦労が多うございましたから、それが体に障《さわ》られたようです。真にお気の毒なことでございました」

こんな風に言って、己が医術でも及ばぬところもあると嘆《なげ》いてみせる。

蘭方医ともあろうものが、とどのつまりは、

「病は気から……」

と、諦《あきら》めているわけであるから、好い加減なものだが、それでも弁舌《べんぜつ》が巧みでさえあれば名医としての面目を保てるのだ。

この盗人の頭は、どうやら追手の目を逃れつつ身を潜めていることが、気うつを呼んで、体力をなくしてしまっているのに違いない。

「おれはもういけねえ。ここから動かれねえから、ひと思いに死んでしまいてえ」

などと、乾分《こぶん》を困らせているのではなかろうか。

乾分達もお頭の不調に心を悩ませ、とにかく名医に診せれば、お頭の気分も変わって、体も持ち直すのではないかと、連れてきたのかもしれない。

となれば、いつもの弁舌で、お頭に調子をつけさせてやろうと考えた。

頭痛、胸痛、胃痛は、患者からよく訴えられる症状である。

血の巡《めぐ》りをよくしたり、鎮痛作用のある薬なら持ち合わせている。

初日はこれを飲ませた上で、

「わたしの診立てでは、お頭様のお体には別段悪いところは見当りません。お薬を飲み、気をしっかりと持っていただければ、すぐに御本復《ごほんぷく》されましょう。いやいや、さすがに人を束ねられるだけの御方でございますな。そもそもの体の強さが違います」

もったいをつけて誉《ほ》めそやした。

だが、お頭の機嫌はまったくよくならなかった。

「さあ、そいつはどうかな……」

お頭は、話すのも疲れるとばかりに、手を横に振って、「治せるものなら治してみやがれ……」

と、気怠《けだる》い声で応えると、そのまま眠ってしまった。

一瞬、州白は、

――まさか死んでしまったのでは。

どきりとしたが、お頭は寝息をたてていて、ほっとさせられた。

「よし、今日はこれで好い……」

狐は、般若と二人で州白に匕首を突きつけ、州白の頭の上から黒布の袋を被せると、再び両脇を抱え、お頭がいる一間から出た。

「ここからは梯子段《はしごだん》になっている、這《は》って段を手で摑《つか》みながら下りろ」

やがて二人は、後ろ向きで州白の足を段に下ろさせ、両手で段を摑みながら下へ下りるよう命じた。

どこかの地下蔵に入れられるようであった。床に足が着くと、

「よし。ばたんと音がしたら、頭の袋を取って好いぜ」

上から声がしたかと思うと、ばたんと音がした。

地下に通じる入口が揚戸《あげど》になっていて、それが閉められたらしい。

さっと袋を頭から取り払いたかったが、こんな時は恐怖が先に立つ。自分がこれから置かれるところが、どうなっているか知るのが恐ろしいのだ。

しばらく梯子に体をもたれさせながら一息入れると、州白は恐る恐る袋を取り払った。

そこは思った通り地下蔵であった。

ありがたいことに行灯《あんどん》があり、明かりがほんのりと点《とも》っていた。

蔵といっても六畳くらいの物置で、隅に布団があり、小さな水甕《みずがめ》と湯呑み、油壺も置かれてあった。

天井は低く、空気穴であろうか、小さな隙間が幾つか空いている。

そのお蔭で、行灯の煙が抜けて、息苦しさが幾分ましである。とはいえ、密室であるから、火の用心をしないと、火が付けば間違いなく焼け死ぬであろう。

念のために梯子を上って、揚戸をそっと押してみたがびくともしない。上には何か重しでも置かれているようだ。

お頭の診立てをしなければならないゆえに、監禁されても殺されはしないだろう。

辛《かろ》うじてここで暮らせるよう、水も行灯も布団も置かれている。とはいえ、あの気難しいお頭の診立てをする他は、この地下蔵に入れられて暮らすのかと思うと、絶望に見舞われた。

生きるためには、己《おの》が医術のすべてを出し切り、お頭を生かさなければならない。

己が医術の見せどころが、どこにあるのかも知れない盗人の隠れ家になるとは――。

自身に突如降りかかった試練に、州白はただただ呆然《ぼうぜん》としていた。

五

儒医・原口楽庵の住まいは、八丁堀の亀島町《かめじまちょう》にある。

代々の儒者にして医者で、春野風太郎も同心として見習いに出るまでは、ここへ学びに来ていた。

父・雷蔵も楽庵の父親に学んでいたので、春野家と原口家は長い付合いであった。

雷蔵と楽庵は、若い頃から気が合い、碁敵《ごがたき》でもあり、互いの家を行き来する仲であった。

しかし、雷蔵が死に、その妻・若栄もあとを追うように亡くなった後は、風太郎も雷蔵の跡を継ぎ、忙しく奉行所での務めに励むようになり、それからは随分と疎遠になっていた。

雷蔵が亡くなる少し前に、楽庵の息子は上方《かみがた》での修業に出て、水が合ったのか、以来京《きょう》で腰を据えている。

ゆえに、楽庵の無聊《ぶりょう》を慰めんとして、風太郎は亀島町の家を時折訪ねていた

のだが、楽庵は風太郎の顔を見ると、

「風太郎殿、わたしへの気遣いはどうぞ御無用にのう」

恐縮をしては、

「だんだんと、御父上に似て参られたな。ああ、わたしがもう少し、医師としてしっかりしていたらのう」

雷蔵を早死にさせてしまったのは、自分がいけなかったのだと自省し、嘆き悲しむので次第に行き辛くなったのだ。

雷蔵と違い、風太郎は碁を打たぬし、体は壮健《そうけん》そのもので、医者にかかることなどほとんどないゆえに、自《おの》ずと行き来する機会も減っていたのである。

しかし、今は行かねばならぬ理由がある。

父母の死という思い出話が出ぬように、あれこれ教えを請《こ》うことが出来る。

風太郎は、ここぞとばかりに楽庵を訪ねた。

「先生、忙しさに取り紛れて、随分と御無沙汰《ごぶさた》をいたしておりました。どうぞお許しください」

その日は朝から家にいて、弟子達の前で素読をしていた楽庵に、風太郎は悪びれることなく頭を下げた。

弟子達のほとんどは、存知寄りの者達で、

「申し訳ないが、御上《おかみ》の御用もあって、しばし先生をお借りいたしますぞ」

有無を言わさぬ風太郎の仕儀《しぎ》に、楽庵は大いに喜んだ。

「これは風太郎殿。一日中でも、喜んでお付合いいたしますぞ」

彼はにこやかに風太郎を迎えると、古参の弟子にその場は任せ、奥の書院に風太郎を誘った。

「いやいや、御無沙汰はわたしも同じことじゃ。いつまでも、親父殿、おふくろ殿のことでくよくよしていたのがいけなかった……」

楽庵は、風太郎も訪ね辛かったはずだと省《かえり》みていた。

「ちょうど組屋敷へ訪ねてみようかなどと考えていたところで、さすがは風太郎殿じゃ。年寄りの気持ちが手に取るようにおわかりじゃな」

御上の御用もあってと言ったが、それを口実に来てくれたのだと受け止め、楽庵はありがたがったものだ。

「して、何かござったかな」

「さて、御内密にしていただきたいのですが……」

「うむ……」

楽庵は内密の話と聞いて威儀《いぎ》を正した。

「望月州白殿が、行方《ゆきがた》知れずとなりまして」

「ほう、望月殿が……」

風太郎は、ことの次第を手短かに述べた上で、考えられることは何か、医者としての見解を問うた。

「望月殿か……」

楽庵は、やれやれという顔をして溜息《ためいき》をついた。

「あの御仁《ごじん》ならば、妬み、そねみ、恨み……、一通りは買っているでしょうな」

楽庵曰《いわ》く、医師の務めは一人でも多くの患者を病から救い出すことに尽きる。

それがこのところの望月州白を眺めていると、診立てる相手を選び、頭を使わず手も使わず、足も動かさず、ただ口先だけを使って診療をしているように見える。

これを快《こころよ》く思わぬ者は多いはずだと、楽庵もまた、そのように見ていた。

しかし、州白が揉めごとを起こしたという様子もなく、妬んだからといって、襲ったりはしないはずだと告げると、

「となれば、診立てを断られて身内の者を亡くした……。それで恨みを買った、

というところでしょうかねえ」

楽庵自身も、忙しくて断らざるをえなかった相手が死んでしまって、恨み言を言われたこともあった。

風太郎の父母の死を嘆いた時と同じく、楽庵はそれを気にかけ、遺族に泣いて詫《わ》び、以後はその身内の者達の治療を進んで行った。

そうすることで、楽庵を恨みに思う者は一人もいなくなり、

「原口先生に文句をぬかしやがると、ただじゃあおかねえぞ！」

などと、寄り添ってくれる味方が増えたのである。

「なるほど、望月州白にはそんな心得はなかった。それゆえ、恨みに思った者から仕返しをされたのかもしれませんねえ」

風太郎は、もう一度その線を当ってみようと、考えを新たにした。

「久しぶりに先生と話ができて、ようござりました。これからはまた、あれこれお智恵を借りに参りますのでよろしくお願いいたします」

「わたしも楽しゅうござった。望月州白については、快う思うておらなんだゆえ、風太郎殿に告げ口をして、少し気が晴れましてござる」

楽庵は悪戯《いたずら》っぽく笑った。

父・雷蔵が生きている頃は、何度も見た楽庵の笑顔である。

「先生……。くれぐれも父、母のことで思い悩まれぬように願います。母が申したように、何《いず》れも寿命がきたのです。最期《さいご》に先生に看取《みと》っていただいて、二人共さぞ嬉しかったことでしょう」

風太郎は、別れ際にそのうち言おうと思いながら、なかなか面と向かって言えなかった一言を告げた。

齢《よわい》六十を迎えた楽庵は、ぽろぽろと涙を流して何度も頷くと、

「この歳になると、すぐに涙が出てきて困る……。せめて、涙が似合う男になりたいものですな」

泣き笑いで応えた。

「よう似合うておいでですよ」

風太郎は、努めて明るい表情で頷き返すと、原口邸を辞した。

八年前に、父・雷蔵が亡くなった時は、いきなりのことで、見習いからすぐに同心職を継いだので、感傷に浸《ひた》る間もなかった。

しかし、それなりに人として、男としての奥行きが出てきた分、雷蔵の死、若栄の死が懐かしくも哀しいものとなって、心の内に蘇《よみがえ》っていた。

早足に道行く風太郎が醸《かも》す哀愁に気付いた供の竹造は、

——好い旦那様だ。

という想いを胸に、黙って従った。

悲しみの感情を抱えていたわけではなかった。少し歩けば気分は爽快になってきた。

風太郎の頭も冴《さ》えてきた。

原口楽庵が言っていたように、診察を断った者が、州白を恨んで彼をどこかへ連れ去った、または殺害して骸《むくろ》を人知れず始末した。

その線で考えると、咎人《とがにん》は何者であろう。

喜六の調べでは、望月家では出入りする患者達を含めて、特に騒ぎや揉めごとはなかったと、家人達は言っている。

——だとすれば、どうなる。

頭を捻《ひね》って道を行くと、前方で道端の楠《くすのき》に登って遊んでいた悪童が、ばったりと落下した。

「おい！　坊主、大丈夫か？」

通りすがりの大人が駆け寄ると、子供を抱き起こしたが、ぐったりとしている。

「おい、しっかりしろ！」

大人達が集まってきて、ちょっとした騒ぎになった。

風太郎は竹造と見合うと、子供の方へ小走りで向かったが、

「まずそのまま動かしてはなりません！」

凛《りん》と冴え渡った声がしたかと思うと、一人の若者が駆けてきて、子供の様子を見た。

筒袖《つつそで》の袷《あわせ》に裁着袴《たつつけばかま》。修業中の若き医師のようだ。

「心配ご無用。頭を軽く打って、少し気が遠くなっただけのようだ」

若者はゆっくりと子供を立たせると、子供はたちまちべそをかいた。

「坊や、あんまり危ない遊びはするんじゃあないぞ」

子供の母親と思《おぼ》しき町の女房が駆け付けて、若者に平身低頭《へいしんていとう》したが、爽やかな笑みを残して若者は走り去った。

風太郎は、若い医者の壮挙《そうきよ》を感心して見守っていたが、

「なるほど、これだな……」

やがてぽつりと呟くと、

「竹造、おれは薬研堀へ行くから、喜六を連れてきておくれ」

足早に歩き出した。

六

「わざわざのお運び、ほんとうに申し訳ございません」

望月州白の妻・留衣は、春野風太郎のおとないに、恐縮の体《てい》で応えた。

行方知れずになってから三日になる。

そろそろ、家で病に臥せっているという嘘も、もたなくなるというものだが、留衣は相変わらず落ち着き払っている。

探索している風太郎の方が焦っているとは、どうもおもしろくないが、

「いやいや、思い立った時に出向く方が、ことが早いゆえにな」

風太郎は、まず労《いたわ》るように声をかけてやった。

冷静を取り繕っても、留衣の心の内は千々《ちぢ》に乱れているだろうと思ったからだが、州白が内緒で芸者に入れ込む気持ちも、留衣を恐れている気持ちも、風太郎にはわかるような気がした。

留衣は既に芸者・おさんの存在にも気付いていて、そのように好き勝手をさせ

ている夫であるから、もしや殺されているのではないかという現状に対して、冷めた目で見ていられるのかもしれない。

——いずれにせよ、強い女房殿だ。息子にとっては、父親より頼みになるであろう。

「真にありがたく思っております……」

そんな強い女も、風太郎のやさしさは心に沁《し》みるらしく、下げた頭の向こうに覗く、襟足《えりあし》のほつれ毛に、はかなさが見えた。

「まず殺されていることなどあるまいよ」

風太郎はこともなげに言うと、いつも州白に付き従っている弟子から話を聞きたいと、連れてこさせた。

弟子は源吾《げんご》という二十歳《はたち》過ぎの若者である。

既に喜六が、あれこれと望月家の医院で、気になることがなかったか訊ねていたので、改めて何を問われるのか、どぎまぎとしていた。

或《あ》いは、おさんの許へ通う州白から、

「留衣にはゆめゆめ悟られるなよ」

と、口止めされていることもあるのであろう。

そういうところまで訊ねられると、板挟《いたばさ》みになって困るとの不安が表情から窺《うかが》われたのだが、風太郎は源吾の想いは読んでいる。

訊きたいことは、おさんに絡む話ではなかった。

「州白先生は、往診に出た折、その道中誰かに、助けてくれと縋《すが》り付かれたことはなかったかい」

というものであった。

「はて、そのようなことが……」

源吾はじっと考えたが、
やがて、そのことに思い当った。

「そういえば二度ばかり、駕籠を呼び止める者の声を聞いたような……」

源吾はいつも、往診先が近くなると、州白の到着を知らせるために、駕籠を離れて、小走りに先へ行くことになっている。

いつものようにそうすると、

「わたしの背後から、駕籠に何か声をかけている人がいたような……」

そんなことがあったという。

しかし、自分は先を急がねばならないので、振り返らずに先へ進んだので、詳しいことはわからない。

「駕籠舁きのお二人に訊いていただいた方がよいかと思います」

と、少し安堵《あんど》の色を浮かべて応えた。

「そうかい。ありがとうよ」

風太郎は、留衣に駕籠舁きの二人を呼んでもらい、重ねて問うと、

「へい。確かにそんなことがありました。町の若いのが、道端で父親が倒れたので、診てやってもらえねえかと言ってきまして……」

「気の毒なことだと思って、駕籠を止めたんですがね、先生が先を急いでいる、道草を食ってはいられねえと仰るので、そのまま駕籠を舁いて、その場から走り去ったのでございます」

駕籠舁き二人は気を利かし、駕籠を一旦止め置いて、少し離れて汗を拭いていたので、それから州白が男とどんな会話をしていたかよくわからなかったが、

「早く出しておくれ！」

州白は二人を呼んで、すぐに出発させると、

「いちいち止まることなどなかったのだよ。あんな者にいちいち取り合っていられないよ」

実に不機嫌な様子で叱りつけたという。

それからすぐに、また同じようなことがあり、その時は駕籠を止めずに走ったが、今度の男は走りながら縋ってきて、

「そんな暇はないよ！　迷惑だ……」

州白は駕籠の窓から叱りつけ、追い返したという。

「そいつは、どの辺りだ？」

「へい。それがおかしなことに、いずれも霊岸島《れいがんじま》でございました」

初めの男も二度目の男も、霊岸島の稲荷《いなり》社を過ぎたくらいのところであったという。

風太郎は、この話に手応えを覚えた。

すぐに喜六にその一帯を当らせたところ、近くにはなかなかに大きな居酒屋が一軒あり、そこへよく来る客が、ちょうど同じ頃に、それぞれ父親と飲みに来ていて、その帰り、店を出たところで父親に倒れられて難渋《なんじゅう》したことがわかった。

一人は平吉《へいきち》という棒手振《ぼてふ》りで、もう一人は佑助《ゆうすけ》という飴《あめ》売りであった。

二人共に三十になるやならず。その後、店には現れなくなったが、父親は亡くなったと聞いていると、居酒屋の主人は言っていた。

そこを出てから気分が悪くなり、父親が倒れて帰らぬ人となったのだ。店に来ると辛い思い出が頭を過《よぎ》るのであろう。

「よし、喜六、ご苦労だったな。棒手振りと飴売り……、だが、その正体は……、てことも考えられるぜ」

「へい。あっしもそんな気がいたしやす」

「居酒屋のおやじの話では、平吉と佑助は顔見知りではなかったのかい？」

「へい。つるんでいるところは見たことがなかったと」

「だが、二人共、その店に親父を連れて行った帰りに倒れられた。そこへ望月州白が通りかかった。地獄に仏と縋ったが、けんもほろろに断られて親父を失った。その偶然が二人を結びつけてしまった……」

「てことは旦那、医者は殺されているかもしれませんねえ……」

「ああ、おれなら殺してやりてえと思うだろうな」

「あっしもそう思います」

さんざん極道《ごくどう》をして親を泣かせた昔があり、そこから立ち直った喜六である。目明《めあ》かしとなって笠屋を継いで、随分と父親には喜んでもらったが、家へ戻って三年で父・喜兵衛《きへえ》は亡くなった。

もっと孝養を尽くしてあげればよかったと、今も悔やまれる喜六は、仁術を施すべき医者が、老人を見殺しにしたと知り、

──州白ってえのは、殺されたって仕方のねえ野郎だ。

と思い始めている。

「だが、そうと決まったわけじゃあねえ。まず、平吉と佑助がどんな野郎かを調べてみようじゃあねえか」

風太郎は、望月州白の無事を祈った。

彼への想いからではない。平吉と佑助が、この一件に絡んでいるのなら、殺人だけは犯してほしくなかったからだ。

七

望月州白の受難は続いていた。

州白は攫《さら》われてからもう何日監禁されているか、わからなくなってきた。

往診の際は、十日分の薬は持参している。

それこそ、腹痛、頭痛、喉の痛みなどに効くとされる薬である。

これを服用すれば、ある程度の効果は期待出来るのだが、相変わらずお頭の容態はよくならない。

「ここにいたとて、お頭様の御容態がよくなるとも思えませぬ。どこかしかるべきところに移された方がよろしいかと……」

州白は、狐と般若に恐る恐る伺いを立ててみた。そうする他に状況を好転させる術《すべ》はないと思われたのだ。

水と握り飯は、地下蔵の中へ入れられるし、目隠しのまま厠《かわや》へは連れていってもらえる。

何とか生き延びてはいるが、州白の精神も参ってしまっていた。

お頭は、明らかに滋養が足りていない。

顔色や肌の艶《つや》を見ればわかる。

お頭と呼ばれる身の男が、長くろくな物を食べていなかったことになるが、いくら逃亡中といってもおかしいではないか。

かといって、こ奴らがどのような経緯でここに潜んでいるかはわからないし、州白にはどうでもいいことであった。

とにかく、どのような形でも好いので、彼はこの暗闇に閉ざされた魔界から外へ出たかったのだ。

「しかるべきところへお頭を移す？」

「そんなことができるわけがねえだろう」

しかし、州白の意見はあえなく撥《は》ねつけられた。その上に、お頭は、

「おれが死ぬ時は、先生、お前も一緒だ……」

死んだ目をして、州白に嗄《しゃが》れた声で言った。

そうして、また黒布の袋を頭から被《かぶ》され、地下蔵へ放り込まれた。

「あ、ああ……！」

州白の辛抱《しんぼう》も限界にきた。彼は薄暗い部屋の中で、行灯の火を蹴り倒して、このまま焼け死んでやろうかという衝動に見舞われ、絶叫をした。

狐と般若は面を外し、ニヤリと笑うと、頷き合った。

狐も般若も中背に引き締まった体付きだが、面の顔に似て、狐は顎が尖《とが》って目が吊り上がっている。般若は口が裂けているかのように大きく、驚いたようなぎょろりとした目をしている。

だが二人共、邪気に充《み》ちた表情ではなく、寓話《ぐうわ》に出てくる憎めない狐と般若のような顔立ちをしている。

二人は地下蔵から漏れ聞こえる叫び声を聞くと、お頭の許へと戻りながら、

「そろそろだな……」

「ああ、殺してやりてえが、そこまでしちゃあ、こっちも人でなしになっちまう」

そう言い合って、次第に寂しそうな風情となった。

しかし、お頭のいる一間へ入ると、そこにはお頭が縮こまって、神妙に座っていた。

そしてお頭の傍《そば》には、着流しに黒羽織を粋《いき》に羽織った武士がいた。

一目で武士が八丁堀の同心と知れて、二人は潔くその場に平伏した。

「畏《おそ》れ入りましてございます」

「どうぞ、しょっ引いてやってくださいまし」

二人は観念したが、お頭を見ながら、

「ただ、どうか、その父つぁんだけは、許してやっていただけませんか」

「あっしらが無理に引き込んだのでございます」

と、伏し拝んだ。

八丁堀の同心が、春野風太郎であるのは言うまでもない。

彼が睨んだ通り、狐の正体は棒手振りの平吉、般若の正体が飴売りの佑助であった。

さらに、平吉と佑助に加担して、盗賊のお頭役を勤めたのは、盗賊の隠れ家の舞台となった廃寺の主で、寸六《すんろく》という五十半ばの物乞《ものご》いであった――。

風太郎は、にこやかに三人を見廻すと、

「そんなにびくびくするんじゃあねえや。まず、あれこれ話を聞かせてもらおう。お前らをしょっ引くのはそれからだ」

やさしい声で言った。

三人は、風太郎が人情味溢《あふ》れる同心だと知って、ますます畏まって、

「ありがとうございます……」

「そんならまずは、望月先生を助けてやってくださいまし」

「あっしがご案内いたしますでございます」

口々に言ったが、

「望月先生？　あんな野郎は放っておけばいいや。まだ生きているんだろう」

風太郎はさらりと訊ねた。

「へ、へい、もちろんでございます」

「ちょいと、仕返しをしてやろうと思ったのでございます」

平吉と佑助は、風太郎の意図を図りかねて、ぽかんとした表情で応《こた》えた。

「初めから今度《こんど》の一件を、振り返ってみようじゃあねえか。おう、喜六、竹造、酒を飲ませてやんな」

風太郎は、驚いて目を丸くする三人の前に、持参した酒徳利と茶碗を喜六と竹造に置かせて、

「おれの推量がぴたりと当って、ちょいと嬉しいのさ」

まず自らが酒を飲み始めた。

八

平吉と佑助は、時折、件《くだん》の霊岸島の居酒屋に酒を飲みに行っていたが、二人には面識はなかった。

居酒屋とはいえ、つましく暮らす二人には、度々行けるところではなかったのだ。

平吉は、実直な棒手振りの息子に生まれた。

子供の頃は親孝行で、親の仕事を手伝いながら町を歩いたものだ。それが、若気《わかげ》の至りというべきか、やがて悪い仲間に交じわるようになって、二親の意見も聞かずに遊び廻った。家に寄り付かず、破落戸紛《ごろつきまが》いの暮らしを送るうちに、ある日帰ってみると母親が死んでいた。

そのことも知らずにいた自分が恥ずかしく、情けなく、少し見ぬ間に年老いた父親が何とも哀れに思えた。

平吉はそれから心を入れ換え、再び父を手伝い棒手振りを始め、すぐに立派な物売りとして暮らせるようになった。

稼ぎはなかなか増えなかったが、体が思うようにならなくなった父親を養って暮らすのが誇らしく、嬉しそうな父親の顔を見るのが楽しかった。

時折は父親を連れて、居酒屋へ一杯やりに行き、父子でしみじみ飲む酒はうまかった。

だが、長年の苦労は父親の体を蝕《むしば》み始めていた。

そして、去年の冬のある日。

「お前とこうして、外で酒を飲めるとは、ほんに幸せだ……」

いつになくしんみりとして、父子の酒を楽しんだ帰り道、居酒屋のすぐ近くで、平吉の父親はふっと立ちくらみを起こしてその場に倒れ込んだ。

「お父つぁん、どうしたんだい……」

平吉は慌《あわ》てて抱き起こしたが、

「大丈夫だよ……、おれも歳だなあ……、ちょっとばかり休めばどうってこたあねえよ……」

父親は、心配ないと言った。それでも応える声は弱々しく、今にも消え入りそうであった。

体も熱を帯びていて、よくある風邪の類《たぐい》とは思えなかった。

そこへ通りかかったのが、望月州白の駕籠であった。

州白は、この先の川口町《かわぐちちょう》にある商家に時折往診に出ていた。

弟子に先導させ、自家用駕籠で道行くのであるから、

「あれが今評判の蘭方医か……」

と人目を引いた。

それゆえ平吉も、その一行が誰かを知っていた。

望月州白に診てもらえるとは思っていなかったが、今、この場に父親が倒れ込

んでしまっているのだ。

少しだけでも様子を見て、助言を与えてくれるだけでもありがたい。僅《わず》かな間でも診立てに金がかかるなら、身を粉《こ》にして働いても払うつもりで、

「もし！　お頼み申します！　わたしの父親が俄《にわか》に患いまして、動けなくなってしまいました。何卒《なにとぞ》、お慈悲をもって診てやってくださいませんか……」

駕籠に縋った。

すると駕籠の者は、様子を見てとって止まってくれたが、州白は窓を開けると、

「これ！　往診に向かう医者を呼び止める者があるものか！　お前さんの父親のことなど知ったことか。わたしが向かう先にも病人がいるのですよ。あわよくばただで診立ててもらおうと思っているのかもしれないが、わたしはそんな安物の医者じゃあないんだ。まったく身のほど知らずもいるもんだ」

と、まくし立てた。

そして州白は、駕籠舁きを叱りつけて、その場から立ち去ったのだ。

取りつく島もなく、平吉は老父を抱えて、すごすごと家へ帰るしかなかった。

「ありがとうよ……、おまえに嫌な想いをさせちまったなあ……」

老父は消え入りそうな声で、平吉に詫びた。

抱えた父の軽くなった体に、苦労をかけた己が罪を思い知らされた。

「ちょっとした風邪だよ……、それで頭がくらくらしただけさ。一晩寝たら、どうってこともないよ」

老父は、元気を取り繕った。

平吉は、父親も歳をとっているのだ。今宵《こよい》は機嫌がよく、酒も飲み過ぎていたから、ひとまずゆっくり眠るのが何よりであろうと、家を暖かくして、床に就かせたのだが、夜中に高熱が出て、一日熱にうかされた末に、帰らぬ人となってしまった。

「それが、あの医者のせいだとは言いません。だが、後で思うとあれはただの風邪じゃあなかった。流行病《はやりやまい》というものでございました。あの時、少しでも様子を見て、このようにしてあげなさいと言葉をくれていたら、あの晩の熱も少しは防げたのではないかと思われましてね……。医は仁術なんて言葉は嘘なんですかねえ。貧乏人は医者などにかからずに、病になったら死んでしまえば好いってことなんですかねえ……。それでも、あっしに何ができるわけでもねえ……。あの居酒屋に行くのも気が引けて、川岸のおでん屋台で飲んだくれていたら、そこで佑さんと知り合ったんでさあ……」

すると、飴売りの佑助も同じ頃に、流行病で父親を亡くしたのだが、居酒屋を出たところで倒れたのも、そこを望月州白の駕籠が通りかかり、縋りついたところ、けんもほろろに突き放されたのも、まったく同じであったというのだ。

同じ居酒屋に時折は飲みに行っていたのに面識はなく、同じように父親を死なせてしまってから屋台で出会ったのには、何やら深い縁を覚えたという。

若い頃にぐれて親を泣かせ、母親を亡くしたのがきっかけで、父親への孝養を積まんとして頑張ったという、同じ過去を佑助も持っていた。

そして、二人で話すと望月州白への恨みが数倍に膨《ふく》らんでいった。

そのうちに、

「あの医者を酷《ひで》えめに遭わせてやりてえ」

「それができりゃあ、おれは死んだっていいや」

と、話が盛り上がった。

佑助は、不実《ふじつ》な医者を攫って、仮病を使う者を治せと迫り、いつまでたっても治らぬ患者相手に苦悩する様子を見ながら溜飲《りゅういん》を下げる……、そんな俠客《きょうかく》を描いた読本《よみほん》を読んだことがあるという。

「よし、これを州白相手にしてやろうぜ」

と思い立ち、この度の芝居を思いついた。

しかし、どのように攫えばよいかが、思い付かなかった。

そこで州白の一日をじっくりと洗ってみれば、お忍びの往診と妻を偽り、おさんという芸者の許に足繁く通っている様子が見えてきた。

そこを攫えばよい。となれば、あとは閉じ込めるところだ。

すると、寸六という物乞いが、廃寺に住みついているのを思い出した。

二人は、屋台で話が盛り上がっているところに通りかかった寸六に、

「今日は、おれ達が出会ったためでてえ日なんだ」

「まあ、一杯やってくれ」

と、酒を振舞ってやったことがあった。その時寸六は、

「おれはあの古寺にちょいと手を加えて、なかなか心地よく暮らしているんだよ。お前さん達には見せてあげるから、一度遊びに来てくんない」

大喜びをして告げた。

その時、平吉と佑助の話を聞いた。寸六は、自分も親にさんざん苦労をかけた上に死なせてしまって、とどのつまりは物乞いに成り下がったのだと述懐《じゅっかい》したものだ。

平吉と佑助は、父親のためにと貯めてきた金を寸六に握らせ、仲間に募ったところ、寸六は快諾して、古寺を隠れ家として遂に犯行に及んだのであった。

古寺には、地下蔵もあり、寸六によっていかにもそれらしく改修されていた。思った以上に、州白は弱い男で、あっという間に計画通りにことは運んだ。

寸六の病身のお頭は、まさに適役であった。

物乞い暮らしでやつれていたし、見ようによっては盗賊の頭の凄《すご》みが出た。

「こんなおもしれえ遊びは初めてだ……」

寸六は嬉々《きき》としてお頭に成りきり、平吉と佑助は、毎晩、地下蔵に州白を閉じ込めてからは、ざまあ見やがれと、あの時の恨みを晴らして、亡き父を偲《しの》んで酒を酌み交わしたのである。

地獄の苦しみを与えた後は、読本の結末通り、地下蔵の揚戸《あげど》に置いてあった重しをのけて、消えてやろうと考えていた。

寸六は住処《すみか》を失《な》くすことになるが、平吉と佑助は二人で一両の金を寸六に渡し、

「父つぁん、何とかそれで、新たな暮らしを送ってくんな」

と、働きに応えてやるつもりであった。

「それで、そろそろ消えてやろうかと思っていた時に、旦那に見つかっちまいま

した」

「だが、これですっきりといたしました。この後は、ご存分に……」

語り終えた平吉と佑助は、深く頭《こうべ》を垂れ改めて、寸六の命乞いをした。

話を聞き終えた春野風太郎は、

「ははは、こいつはいいや。実はな、おれもその読本を読んでいてな……」

悪戯っぽく笑った。

望月州白に恨みを抱いているであろう、平吉と佑助を調べると、棒手振りと飴売りの仕事に、このところはほとんど出かけていないことがわかった。

それでいて、裏店《うらだな》の住まいには遅い時分にならないと帰ってこないし、朝も早くから出かけている。

これは何かを企《たくら》んでいる。

喜六は、下っ引きの加助《かすけ》、佐吉《さきち》を使い、二人の行方を追い求めると、二人共霊岸島の埋立て地の隅にある、今は廃寺になっている、薄気味の悪いところに人目を忍んで出入りしていることがわかった。

いくら人目を忍んでも、喜六ほどの御用聞きが動けば、たちまち尻尾《しっぽ》を掴まれる。

平吉と佑助が、車力《しやりき》から大八車を借り、大きな長持を古道具屋で求めていたこともわかった。

——こいつはおもしれえ。

風太郎は、読本の物語を思い出した。

それぞれ父親が倒れ、医者に見捨てられ、罵《ののし》られた地に州白を監禁する——。

それが、貧しい中ひっそりと死んでいった父親への供養となる。二人の想いはそこにあるのであろう。

風太郎は慎重に調べを重ね、この日、遂に廃寺へ乗り込んだのだが、

「お前達は、おれが睨んだ通りの奴らだったよ。さて、片をつけるとするか……」

彼は終始にこやかに三人を取り調べ、その場で始末をつけたのであった。

九

その夜。

御用聞きの喜六によって、薬研堀の自邸へ連れて帰られた望月州白の姿に、留

衣、源吾達家人は大いに沸いた。

どうしていたかと問われると、

「往診へ行く道中、旅の御一行が難渋しているのを見かけてね……」

一行は田舎から出てきた、どこぞの大百姓のようで主《あるじ》らしき男に、二人の従者が付いていた。

声をかけると主人が高熱を発し、動けなくなったのだと言う。

州白は放っておけず、近くの古寺に主を運び、手持ちの熱冷ましの薬を与え、熱心に診察した。

百姓の主が、今にも死んでしまいそうであったからだ。

治療に没頭した州白は、寝ずに看病して、二日をそこで過ごし、百姓の主の病は峠を越えて意識も戻った。

ところが、主の病が伝染《うつ》ったか、州白は互いの名乗りもせぬうちに、彼もまた高熱にうかされて、昏睡《こんすい》状態に陥った。

それを従者達は熱心に看病をし、州白は当初ほぼ記憶がない中で、二人に投薬などの指示を出していて、それが幸いしたか、やっとのことで回復した。

そうして一行は、謝礼の金を置いて、先を急いでいたのか、そそくさとその場から立ち去った。

「恐らく、何か訳ありの人達であったのかもしれませぬな」

しかし、まだ頭がくらくらして、体力が戻っておらず、そのまま古寺で体を休めていたところ、

「喜六親分に見つけていただいたのですよ」

と、もっともらしいことを言ったものだ。

実はその少し前、
州白は自分を捕えた狐と般若に匕首の刃を突きつけられて、

「お前みてえな藪《やぶ》医者は見たことがねえや」

「お頭の具合が、今ちょいとよくなったから、おれ達はここを出るぜ」

「お前に用はねえから、始末してやろうと思ったが、おれ達はお前みてえな人でなしじゃあねえや」

「日が暮れて、天井の隙間から射す光が消えたら、ここを出ていくがいいや。だが、おれ達のことを一言でも喋《しゃべ》ったら、その時はお前を必ず殺してやるから、そう思いな」

「お前はごまかすのがうめえから、何とでも理由をつけて、言い訳をするんだ

な」

「藪医者に礼金を払うのは癪《しゃく》だが、二分《にぶ》だけ置いていくぜ」

狐と般若は、さんざに州白を脅しつけ、名医としての矜持《きょうじ》をずたずたにすると、彼を突き放して、いずれかへ去った。

州白は、助かったかどうか恐る恐る日が暮れるのを待って、地下蔵を出ようとすると、揚戸が開いた。

放心状態で寺の外へ出ると、そこに御用聞きの喜六がやってきて、

「望月先生！　随分と捜しましたぜ！」

と、声をかけられたのだ。

「この辺りに怪しげな古寺があると聞いて、当っていたところでしてねえ……」

州白は安堵のあまり、へなへなとその場に座り込んで、懸命に考えたここ数日の言い訳を語ったのだ。

喜六は笑いを堪《こら》えるのに必死であった。

これはすべて春野風太郎が仕組んだことであった。

幸いにして、平吉と佑助は顔を見られてはいない。寸六は、平吉と佑助から一両もらって廃寺から出て、二人の手助けで芝《しば》に住み、新たに物売りとして方便《たっき》を

立てることになった。

薄暗い部屋で、生色《せいしょく》のない顔をしていた寸六と、もし町ですれ違ったとしても、州白には誰かわかるまい。

この状態であれば、

「平吉、佑助、お前らをわざわざしょっ引くのは面倒だ。なかったことにしてやるから、これまで通り、死んだ親父を偲びながら、まっとうに暮らせ。そうしていつかお前らも人の親になって、子供に労ってもらえば好いさ。寸六の父つぁん、お前もここを出てもうひと踏ん張りしてみなよ……」

と、告げたのだ。

俄《にわか》盗賊三人は大泣きした。

「あのふざけた乗物医者も、これで少しは懲《こ》りただろうよ。だが、あの医者、どんな言い訳を取り繕うのか、見物《みもの》だなあ」

神妙な表情で、亡父の仇《かたき》を討った喜びを嚙《か》みしめ、新たな人としての暮らしを送らんと決意を固める平吉、佑助。

思いもかけぬところから、物乞い暮らしから脱却出来た幸運に、ただ目を丸くしている寸六。

彼らを前に、風太郎は愉快に笑ったのだ。

喜六が州白を家へ連れ帰った翌日。

風太郎は、儒医・原口楽庵を訪ねた。

町を鮮やかに色取った桜の花も、名残《なごり》を惜しむかのように、ほんの少し枝に薄紅色の花弁を残すのみとなっていた。

木戸門の前まで行くと、おとないを告げたわけでもないのに、楽庵が出てきて、

「何やら、そんな気がしましたよ」

と、笑顔で迎えてくれた。

「さすがは先生、人の心の内までも見とってしまうのですねえ」

「花が終り、寂しさを覚える頃となりましたからねえ。きっと年寄りの寂しさを、ほんの少し埋めてやろうと、思ってくださるのではないかと」

「ははは、先生ほどの人の、寂しさを埋めてやろうなどとは、おこがましゅうございますよ」

「いやいや、春野風太郎のさりげないやさしさは、おこがましさなど、春の風のごとく吹きとばしてしまいますよ」

「それは嬉しゅうございます」

「望月州白殿が、家に戻られたとか」

「はい、そのようで」

「まあ、どうでもよい話でございますな」

「いかにも、どうでもよい話です。今日は先生にどうしてもお伝えしておきたいことがございまして……」

「はて、何でしょうな」

「わたしが病にかかった時は、何卒《なにとぞ》診立ててやってください」

「わたしでよいのですか？」

「父も母も、実に穏やかで、幸せそうな死に顔をしておりました。それは先生のお蔭でございます」

「風太郎どの、年寄りを泣かせてはいけませんぞ」

「ただ、それを申し上げたかったのでございます」

しみじみとした表情で頷き合う二人の頭上から、名残の桜がちらちらと舞い降りた。

木は瑞々《みずみず》しい緑ばかりとなったが、風太郎と楽庵の顔がほんのりと桜色になった。

第二章　正義の師

一

四月に入り、釈迦《しやか》の生誕を祝う〝灌仏会《かんぶつえ》〟が過ぎると、すっかり夏らしくなってくる。

そろそろ初鰹《はつがつお》が出廻る頃だ。

江戸の初鰹は鎌倉《かまくら》産が最上とされていて、芝の雑魚場《ざこば》の者達は少し恨めしそうに、運ばれてくる鰹を眺めていた。

それでも、これからは芝海老《しばえび》、鰈《かれい》、黒鯛《くろだい》、鯒《こち》など、芝肴《しばざかな》が出廻り、陽光にきらきら光る芝の海は宝石を湛《たた》えているかのようで、芝金杉《かなすぎ》、本芝《ほんしば》界隈は活気に充《み》ちていた。

しかし、その繁盛にけちをつけるかのように、金杉橋の下に男の骸《むくろ》が打ち上げられた。

検分すると、匕首《あいくち》のような刃物で、一突きにされ、そのまま海に落ちたらしい。骸には帯にしっかりと矢立《やたて》が差されてあり、その持ち手の筒には、〝藤十郎〟と名が刻まれてあった。

すぐに身許が知れた。

築地《つきじ》の南小田原町《みなみおだわらちよう》で、手習い師匠をしている、中岡藤十郎《なかおかとうじゆうろう》という浪人であった。

歳は三十五。築地本願寺《ほんがんじ》が所有している仕舞屋《しもたや》を借り受け、付近の子供二十人ばかりを集めて、読み書きを教えていた。

先年、十歳下のお久《ひさ》という妻を迎え、二人で近くの裏店《うらだな》に住み、仕舞屋へ通っていたのであるが、昨日の夕方に家を出たまま帰っておらず、お久は町役に相談していたという。

それゆえ騒ぎになっていたこともあるが、鉄砲洲《てつぽうず》の御用聞き・喜六の乾分《こぶん》である加助が、子供の頃に、藤十郎に習っていたので、一目見て、

「何てこった……。中岡先生じゃあねえか……」

と、その場で知れたのだ。

「そうかい。加助、お前の手習い師匠であったお人なのかい」

喜六は嘆息《たんそく》した。

加助からは、以前に中岡藤十郎についての噂は聞いていた。

藤十郎は、親の代からの手習い師匠であった。

人一倍正義感が強く、手習い子達へは我が子のように接し、親達からも親しまれ、敬《うやま》われていた。

成長して自分の許から巣立っていった後も、町で見かけたらやさしく声をかけて励まし、時にはあれこれ相談にも乗ってやっていた。

「ほんとうにありがてえお人でございました……」

と、加助は悔やしがった。

加助は鉄砲洲の本湊町《ほんみなとちょう》にある甘酒屋の息子であった。

子供の頃は利かぬ気の悪戯《いたずら》好きで、通っていた手習い師匠の手を煩《わずら》わせた。

そこで加助の二親は、中岡藤十郎の噂を聞いて、少しばかり遠いところであったが、頼み込んで藤十郎の手習い子にしてもらったのである。

藤十郎は、加助を一目見るや、

「お前は、なかなかに歯応えのある坊主と聞いていて、楽しみにしていたよ」と言って、読み書きが終ると、一緒に浜辺を駆けたり、木に登ったり、とことん遊びに付合ってくれた。

何を挑んでも敵《かな》わないので、加助は次第に落ち着きを見せ始め、十三の時に藤十郎の手から離れ、甘酒屋を手伝い始めた。

ところが、色気付き始めると、調子に乗ってよからぬ仲間とつるみ、家業そっちのけで放蕩《ほうとう》を重ねるようになった。

腕っ節《ぷし》は人一倍強かったので、侠客《きょうかく》を気取って粋がっていると、噂を聞きつけたのであろう。

ある日、藤十郎が盛り場をうろつく加助の前に現れた。

叱りつけられるのかと思ったが、

「加助、お前、人様の物を盗んだりしておらぬであろうな」

真顔で問われた。

「そんなみっともねえことは、してませんや」

他にも仲間がいたので、少しばかり恰好をつけて応えたが、藤十郎に見つめられると、不思議に大人しくなっていた。

「そうかい、そいつはよかった。安堵したよ。そのうちに今の暮らしにも飽きるはずだ。その時に、人に嫌われていては損をする。お前の腕っ節は、弱い者のために揮《ふる》ってやるが好い。そうすれば、少々悪さをしても、人に好かれる。お前はおれの許で手習いをしていた時、いつも弱い奴を守ってやっていた。いつまでもそういう男でいてもらいたいものだな」

藤十郎は、それだけを言い置いて去っていった。

——今の暮らしにも飽きる、か。

そう言われると、仲間と共に盛り場で暴れ廻っている暮らしには先がないという、当り前のことに想いが至った。

確かに飽きてくるだろう。

と言っても、十八歳の加助は、甘酒屋の跡を継ぐために、せっせと店で働くのが退屈で仕方がなかった。

体の底から噴き出す若き力を、自分でも持て余していたのだ。

やくざ者になるつもりはなかった。

しかし、侠気《おとこぎ》ある人になりたかった。

藤十郎が言うように、同じ生きるなら、人に嫌われるより好かれる男になりたい。

加助はある日藤十郎を訪ねて、

「先生、おれはいったいどうすれば好いですかねえ」

と、問いかけた。

二親に訊ねるのも気が引けた。

藤十郎に会ってからは、甘酒屋を手伝う日も増えたが、それでも盛り場ではそれなりに好い顔になっていて、このますんなりと、〝甘酒屋の兄《あに》さん〟と呼ばれて暮らすのも嫌であった。

若者の心は千々《ちぢ》に乱れ、その時浮かんだのが藤十郎の顔であったのだ。

後で考えてみれば、藤十郎は、あれこれ意見をしたり、詰《なじ》ったりはしなかった。

その上で、男としてやってはいけないことを、しっかりと伝えてくれた。

「お前、いつまでも馬鹿なことを言っていないで、家業にいそしめ」

などと、どこにでもいるような大人の言葉は発しなかった。

甘酒屋の息子は甘酒屋になれば好い――。

そういう導き方はしない藤十郎だからこそ、素直に相談したくなったのだ。

するとと藤十郎は、加助のおとないを大いに喜び、

「お前の親父さんとお袋さんは、まだまだ達者なんだから、甘酒屋は二人に任せておけば好い。だが、町でよたっているのも恰好が悪いなあ」

藤十郎は、加助のくだらない問いに真剣に考えた末に、

「そうだ。お前は力が余っているのなら、どこかの御用聞きの親分の下で、弱い者のために励めば好いのだよ」

と、勧めてくれた。

加助の心に稲妻が走った。

――なるほど、その手があった。

下っ引きの修業は大変であろうが、それなら正義のために力を揮える。

二親も許してくれるであろう。

「先生！　ありがとうございます！」

加助は喜び勇んで家へ帰った。

その夜の興奮は今でも忘れることが出来ない。

すぐに噂を探ってみると、〝笠喜《かさぎ》の親分〟と言われている喜六《きろく》という御用聞きの名があがった。

この親分は、笠屋の息子に生まれながら、一時ぐれて家を出たが、やがて下っ

引きから一本立ちをして、笠屋へ戻って一家を構えたという。

自分もやがては、そうして甘酒屋を継げばよいではないか。

そうして喜六の許へ身を寄せ、下っ引きとなり、少しは世のため人のために、自分の腕っ節を役立てることが出来るようになった。

中岡藤十郎は、その恩人であったのだ。

それが無惨な姿となり、金杉橋の下に打ちあげられていた。

加助の衝撃は、はかり知れなかったのである。

二

南町奉行所定町廻《じょうまちまわ》り同心・春野風太郎は、早速この一件に乗り出した。

自分が手札《てふだ》を与える笠屋の喜六の乾分・加助が、殺された中岡藤十郎のかつての手習い子で、以前にはひとかたならぬ世話になっていた。

それを聞くと、

「加助、葬い合戦をしねえといけねえな」

声をかけてやらずにはいられなかったが、

「勇んで分別《ふんべつ》がつかねえようになっちゃあいけねえぞ」

同時に戒めることも忘れなかった。

「とにかく、喜六の指図をしっかりと守って、当ってくれ」

あくまで探索は喜六に任せたのであった。

加助もさることながら、まだ一緒になって間もないというのに、夫を殺された妻女のお久の悲嘆も激しかった。

それでも、加助から、

「先生のお蔭で、やくざ者にならずにすみましたよ」

と、しみじみと礼を言われて、少しは気も落ち着いたようで、喜六の調べには淡々と応えたものだ。

お久の話によると、このところ藤十郎は、何やら屈託《くったく》を抱えていたようで、考え込んでいる時が多かったらしい。

藤十郎は、まだ自分達夫婦に子供はいないが、

「おれには二十人子供がいるようなものだからな」

というのが口癖で、二十人分の悩みを一身に受けていたから、いつも何かしらの屈託《くったく》を抱えていたが、この度のそれは切実であったように見えたという。

「何か揉めごとに、巻き込まれていたのかもしれねえな」

立派な手習い師匠ではあるが、加助の話を聞くと、それなりにお節介《せっかい》を焼く性分《しょうぶん》であるから、逆恨みを買うこともあったはずだ。

藤十郎が姿を消した日の少し前に、彼は若い男と言い争っていたという事実が浮かんできた。

若い男は、粂七《くめしち》という左官《さかん》の見習いで、かつて、藤十郎の手習い子であった。近頃親方から素行不良を叱責《しっせき》され、盛り場で飲んだくれているところを、藤十郎に見られて意見をされたようだ。

加助は素直に話を聞いたが、粂七は反抗したらしい。

「粂七は、悪い奴ではねえんです……」

手習いに通っていた子供の頃に、加助は粂七を知っていた。

今は二十歳になった加助の二つ歳下で、

「兄さん……」

と、慕ってくれていた。

やがて加助が藤十郎の許から巣立っていくと、その二年後に粂七も左官職人の道へと進んだ。

「今じゃあ、一端《いっぱし》の職人になっているものと思っておりやしたが……」

条七が加助を慕っていたのは、条七もまた利かぬ気で、理不尽なことには腕尽くで立ち向かう性分であったからだ。

加助はそれが災いして、盛り場で暴れてしまったわけだが、条七は弟子入り先で、兄弟子に苛《いじ》められ、それに対して腕っ節で応えたようだ。

自分は悪くないのに親分に叱責され、自棄《やけ》を起こして、盛《さか》り場《ば》に逃げ込んだというところか――。

藤十郎は、それを正しに行ったが、今は聞く耳を持たない条七が、怒りにまかせて殺害に及んだのかもしれない。

「いくらなんでも、殺したりはしねえでしょう……」

加助は、喜六の推量には首を傾《かし》げたが、

「条七が殺さなかったとしても、奴の悪い仲間がしゃしゃり出たのかもしれねえ」

恰好をつけて懐《ふところ》に忍ばせている匕首を、脅しで抜いて突きつけたところ、揉み合いになって、はずみで刺してしまったということも考えられなくはない。

そのように言われると、

「なるほど、色んなことを考えて当らねえといけませんねえ……」

と、納得した。

風太郎は、手先達のやり取りをそっと見守っているが、加助と佐吉という喜六の乾分が、少しずつたくましくなっていく姿が実に頬笑《ほほえ》ましく思えた。

色々な場面を想定しないといけない。

まず、粂七を捉《とら》えて話を聞くのが先決であった。

粂七が立廻《たちまわ》っていた盛り場で聞き込みをすると、ここ数日は姿が見えないとのこと。

もしや、粂七が藤十郎殺害に絡んでいて、それで行方をくらましたのではなかったのか——。

加助に緊張が走ったが、風太郎は、

「中岡藤十郎に諭されて、食ってかかったものの、お前がそうだったように、意見が身に沁《し》みて、親方のところに戻ったんだろうよ」

と、こともなげに言った。

「なるほど、旦那の仰る通りだ……」

喜六はニヤリと笑って、加助を連れて粂七の左官職の親方を訪ねてみると、親方はこの数日、千住《せんじゅ》に出仕事に行っているという。

それで、親方の女房に、

「こちらさんに、粂七という若いのがいたと聞いておりやすが……」

喜六が問うと、

「ああ、粂七つぁんなら、やどの供をして千住に行っていますよ」

と、応えが返ってきた。

「親方の供をして……」

加助がほっとした表情を浮かべた。

女房の話によると、粂七は兄弟子と喧嘩《けんか》になり、親方に放り出されたが、三日ほど前に戻ってきて、

「わたしが間違っておりました……。許していただけるとは思っちゃあおりませんが、お詫びだけはしておこうと参りました」

と、親方と兄弟子に手を突いて謝ったという。

親方も、兄弟子がきつく当ったゆえに、粂七が怒ってしまったこともわかっていた。

だが、そこは兄弟子の顔も立ててやらないといけないし、今からそんな短気を

起こしたのでは、この先人交じわりも出来ないではないかと、きつく叱りつけたのだ。

その上で、兄弟子には別に、

「条七が怒るのも無理はねえ。奴が詫びを入れてきたら、それっきりあとを残さねえようにしてやるんだぞ」

と、言い聞かせていたのだ。

それゆえ、自分から親方にも兄弟子にも、きっちりと詫びを入れにきた条七の態度に喜んで、

「とにかくこれから千住へ出仕事に行くから、お前も付いてこい」

と、連れて行ったのだという。

それから考えると、条七が藤十郎を殺害したという疑いは、きれいに晴れる。

条七はその翌日、親方と一緒に千住から戻ってきた。喜六は職人達の手前、条七に疑いがかかったという件には触れず、藤十郎の死を知らせた上で、

「お前、先生と会っていたそうだが、先生に変わった様子はなかったかい?」

と、訊ねるよう加助に託した。

条七は、久しぶりに加助と会って喜んだものの、これを聞いて、

「先生が、殺された……」

と、嘆き悲しんだ。

「加助兄ィ……、おれは千住から帰ったら、親方に許しをもらって、先生に詫びに行くつもりだったんだよ……」

兄弟子に反抗し喧嘩となり、親方に叱られ、家から追い出された粂七は、盛り場で飲んだくれていた。

それを藤十郎に見つけられて、

「粂七ではないか。お前、何が楽しいのか知らないが、こんなところで飲んだくれていても、すぐに飽きてしまうぞ」

と、声をかけられた。

その時は、連れ戻されると思い、

「先生……、おれのことはうっちゃっといてくんなよ！」

と、藤十郎を押しのけるようにして、その場から走り去ったのだ。

「そうかい。粂七……、おれにも同じことがあったよ……」

話を聞いて加助はいたたまれなかった。

粂七もまた、後になって藤十郎の言葉を思い出し、藤十郎のやさしさが胸に沁みた。

　そうして、親方に詫びて、兄弟子からも、

「粂、気にするな。おれもちょいとばかり、お前に辛く当り過ぎたようだ」

と、声をかけられた。

　すぐに出仕事にも連れて行ってもらい、

「それもこれも、先生のお蔭でございます」

と、礼を言いたかったものを――。

　加助も涙が込み上げてきたが、風太郎に、

「勇んで分別がつかねえようになっちゃあいけねえぞ」

と、戒められていたので、

「お前が先生と会った時は、傍《そば》に誰か一緒にいたかい？」

　その時の様子を落ち着いて、ひとつひとつ問いかけた。

　喜六が言ったように、粂七に兄貴風を吹かして、恰好をつけようとした者がいて、そ奴《やつ》が後日、藤十郎を見かけて、

「おう、手習いの先生、粂七には近付くんじゃあねえや」

とばかりに揉み合いになり、はずみで殺害に及んでしまった、とは考えられな

いか問い質《ただ》したのだ。

「とんでもねえ……」

条七は力いっぱい頭を振った。

藤十郎に声をかけられた時、条七はただ一人で芝湊町《みなとちょう》の海辺にいて、酔いを醒《さ》ましていた。

盛り場で飲んだくれていた時は、喧嘩のひとつもしたが、おかしな仲間とつるんだ覚えはないと言い切ったのだ。

その言葉に嘘偽りはないと思われた。

「兄ィ……、きっと、きっと先生の仇《かたき》を討っておくれよ……」

条七は、藤十郎が喜んでくれる顔を見るのを楽しみに、千住から帰ってきたというのに、加助から先生が殺されたと知らされるとは思いもよらず、がっくりと肩を落したのである。

加助は喜六の許へ戻り、これらを知らせた上で、相棒の佐吉と共に、藤十郎が条七と揉めていたところを見かけたという、屋台の親爺《おやじ》にも裏を取った。

確かに揉めているように見えたが、その場におかしな連中はいなかったと、改めて彼はその時の様子を語った。

藤十郎の死は、粂七絡みではない。

それがはっきりした。

「よかったじゃあねえか、加助……」

風太郎は、加助の働きを誉《ほ》めてやりつつ、

「さて、そんなら、手習いの先生は、どんな屈託を抱えていたのだろうな」

と、新たな下手人の行方を探ったのであった。

既に喜六は、加助を粂七の許へやっている間に、新たな事実を摑んでいた。

三

中岡藤十郎が時折立ち寄る掛茶屋《かけぢゃや》が、鉄砲洲の波除《なみよけ》稲荷社にある。

そこからは大川《おおかわ》が海に流れ出す河口に、大きな船が停泊する様子が望める。子供達相手に奮闘する藤十郎は、それを眺めていると一時心が安まるらしい。

その掛茶屋に、数日前から遊び人風の男が現れ、藤十郎を待ち伏せしていたようだと、茶屋の女将《おかみ》が言った。

幼い子を持つ年代の女達には、人気がある藤十郎であるから、藤十郎の姿を見かけると、傍へ寄ってあれこれ話し込んでいた人相風体《にんそうふうてい》のよからぬ男は、女将の目には不快に映ったのであろう。

客同士の会話など、日頃はまったく気にならない女将も、つい聞き耳を立てていたのだ。

それによると、遊び人風の男は、

「先生、おれの妹を泣かしやがったら承知しねえぞ」

などと言って、藤十郎に絡んでいるように見えたという。

「確かに、妹と言っていたのかい？」

喜六が確かめると、

「はい。確かに言っていました。その男が、妹やらを使って美人局《つつもたせ》でも仕掛けたのかもしれませんが、先生はきっぱりと、そんな覚えはないと、撥《は》ねつけておいでしたよ」

女将はそう言って、藤十郎がおかしな女に引っかかって強請《ゆす》られるようなことがあるはずはないと決めつけた。

中岡藤十郎はどこでも慕われていたのがわかる話だが、

「その妹というのが気になるな」

春野風太郎は、遊び人風の男が〝妹〟をだしにして因縁をつけているのは、ほぼ間違いなかろうが、

「妹にも色々あらあな」

と頭を捻った。

中岡藤十郎の人となりを考えると、そもそもよくある美人局に引っかかるような男ではない。

そうなると、手習い子の誰かの兄で、たとえば手習いに通っている間に怪我《けが》をしたとか、他の手習い子に苛められたのを、手習い師匠のせいにして絡んできたのかもしれない。

または、

「お久殿に兄はいねえのか？」

調べてみるように指図した。

すると、お久には異母兄が一人いることがわかった。

お久の父親は、築地本願寺の寺侍《てらざむらい》であった。

妻との間に息子を儲《もう》けたが、妻は早くに亡くなり、後妻を迎えて出来たのが、お久であった。

しかし、お久はあまりよく兄のことを知らなかった。

父の跡を継いで寺侍になるのを嫌がり、まだお久が幼い頃に出奔《しゅっぽん》してしまったのだ。

「そいつが怪しいぜ……」

風太郎は、お久を番屋へ呼び出し、自らがその兄について訊ねた。

「異母兄《あに》がどうかいたしましたか」

お久は異母兄の話が出ると顔をしかめた。

彼女にとっては迷惑な兄であることが、その表情に出ていた。

異母兄は万之助《まんのすけ》といって、父親から勘当《かんどう》をされた後は、やくざ者となり、面《つら》の皮が厚いにもほどがあるが、その後二度ばかり、金の無心をしに来たという。

父親はその都度《つど》門前払いを食らわせ、

「今度来たら、わたしはお前を斬る。息子といえども勘当をした上は他人だ。斬ったとて何の障りがあろう」

遂にはそう言い放った。

万之助はすごすごと帰っていったが、やがてお久の生母も亡くなり、父親も不《ふ》肖《しょう》の息子を持った身を恥じ、致仕《ちし》してすぐに亡くなった。

その後、お久は、築地本願寺所有の仕舞屋で手習い所を開いている中岡藤十郎を知り、望まれて夫婦になり、幸せに暮らしていたのだが、

「あの異母兄が、いつか訪ねてくるのではないかと気を揉んでいたのですが、わたしの兄だと言い立てて、いくらかにしようとしたに違いございません」

と、お久は吐き捨てた。

掛茶屋の女将が見かけた男は、瘦《や》せぎすで眉は薄く、えぐれたような頰をしていたと言っていた。

「それは正しく万之助でございます」

お久は肩を震わせた。

金に困って、藤十郎から金を巻き上げてやろうと企んだに違いない。

「あの異母兄ならやりかねません……」

藤十郎はそれで、お久には内緒で僅かな金でも渡して、穏便に済まそうとしたが、

「おれはこれでも、お前の義理の兄だぞ。そのおれが頼んでいるというのに、お前はこんな目くされ金で話をつけようとしやがるのか！」

万之助は不満を言い募り、そこから口論になり、遂には殺害に及んだのかもし

れなかった。

「わたしの夫を殺害していたとしたらもちろん、していなかったとしても、どうせろくなことをしない男でございます。引っ捕えて、世の中に出てこられないようにしてやってくださいませ」

お久は歯嚙みして、風太郎に訴えた。

夫を失った上に、いつまでも自分の周りに不幸せをもたらす異母兄が、また辺りをうろついていたと知り、堪《た》えられなかった。

「万之助の立廻り先で、思い当るところはござらぬかな」

「さて、それはわかりませんが、勘当されてからは、根津《ねづ》で、用心棒のようなことをしていたと、聞いたことがあります」

「左様か、当ってみましょう。その後、手習いは？」

「はい。今は子供達のために、わたしが見よう見真似で、手習い師匠を務めております」

「それは何よりだ。何か変わったことがあれば、すぐに鉄砲洲の〝笠喜〟という笠屋に、知らせてくだされればよろしい。御油断なきように……」

風太郎はお久を励ますと、早速、寺侍崩れの万之助の行方を、喜六に当らせたのであった。

根津にいたとなれば、岡場所の用心棒でもしていたのであろう。

ここは根津権現社《ごんげんしゃ》が参詣人で賑《にぎ》わい、門前町の遊里《ゆうり》は男達に知られるところであった。

万之助がこの辺りでよたっていたとなれば、すぐに消息も知れるであろう。

何軒かの妓楼《ぎろう》を当ってみると、

「ああ、万之助の野郎ですかい……」

店の男衆《おとこし》が顔をしかめて、

「また、何かやらかしたんですかい？」

と、喜六に問いかけた。

「いや、ちょいと万之助に会って訊きてえことがあってな」

「左様で……、言っておきますが、うちの店とはもう何の関わりもございませんので、そこんところはよろしくお願いしますよ」

「ははは、よほど酷《ひで》え目に遭ったらしいな」

男衆の話によると、確かに腕っ節の強い男であったので、用心棒を兼ねて男衆として、何軒かの妓楼で働いていたらしいが、怠けてばかりで、強請《ゆす》り紛《まが》いのことをしていたらしい。

そのうちに客に怪我をさせて、根津にいられなくなったという。

「それで今は？」

「本所回向院裏《ほんじょえこういん》で、またよたっているという噂を聞いておりやす。親分、あんな奴は早えとこしょっ引いて、二度と娑婆《しゃば》に出られねえようにしてやっておくんなせえ。それが人のためってもんだ」

男衆は、お久と同じような言葉を口にした。

どうやら、とんでもない乱暴者のようだ。藤十郎を殺したのは万之助かもしれない。

喜六はすぐに、加助を従えて回向院裏へと出向いた。

路地が連なるいかにもいかがわしい盛り場に目星をつけて訊ね廻ると、万之助は今、居酒屋の女将を誑《たら》し込んで、亭主気取りでいるらしい。

日頃から粗暴な振舞いが多く、博奕《ばくち》にのめり込んでいて、女将との痴話《ちわ》喧嘩も絶えないという。

「腹違《ちげ》えとはいえ、あのご新造《しんぞう》さんの兄さんだろう。どうしておかしなのが生まれてきたんだろうなあ」

喜六は、加助相手に首を傾げるばかりであった。

件《くだん》の居酒屋を覗いてみると、一目でそれとわかる三十過ぎの痩せぎすの男が、入れ込みの隅の飯台《はんだい》に腰をかけて、ふてくされたような顔で、一人酒を飲んでいた。

唐桟《とうざん》の着物をだらしなく着て、首には豆絞りの手拭《てぬぐ》いを巻きつけている。

寺侍の子に生まれたとは思えない荒《すさ》んだ風情である。

喜六は見ただけで万之助が、気に入らなかった。

「おう、万之助ってえのはお前か……」

いきなり厳しい口調で声をかけた。

一瞬、男の顔が歪《ゆが》んだ。

凶暴ではあるが、強く出られると気圧《けお》されてしまう、小心な男なのだと、喜六はすぐに見てとった。

男は目を丸くして喜六と加助を交互に見ていたが、応える代わりに、いきなり、ちろりを喜六に投げつけ、加助を突きとばして走り出した。

「手前……」

「待ちやがれ！」

喜六と加助は、闘志をかきたて万之助のあとを追った。

――先生を殺したのはこの野郎に違えねえや！

加助の若い脚力は、生半《なまなか》なものではない。たちまち追いついて、腰に取り付いた。

万之助は加助に倒されたが、盛り場で用心棒を務めていただけのことはある。

加助の腕をすり抜けると、すっくと立って、

「放しやがれ！」

と、加助を蹴りあげ、さらに逃げた。

加助は怯《ひる》まずあとを追ったが、辻の角で万之助は再び倒れた。

先廻りした喜六が、万之助の足に鉤縄《かぎなわ》を搦《から》めたのだ。

喜六は、呆然《ぼうぜん》とする万之助へ近寄ると、左手に鉤縄を握り、右手で懐に呑んでいた自家製の丸形十手《じって》を突きつけて、

「こんな野暮《やぼ》なものは使いたくはねえが、神妙にしねえのなら、頭をかち割るぞ」

と、凄《すご》んだ。

万之助は、へなへなと身を縮め、

「何だ、御用の筋だったんですかい……。あっしはまた、博奕の借金を取り立てに来たのかと思いましてね……」

力なく言った。

四

春野風太郎は、万之助を大番屋《おおばんや》へ引っ立てて取り調べたが、中岡藤十郎が最後に人に姿を見せた時から、骸《むくろ》となって発見されるまでの間、万之助は入江町《いりえちょう》の女郎屋《じょろうや》に居続けていたことがわかった。

「借金取りから逃げているってえのに、好い気なもんだなあ……」

風太郎は呆《あき》れてしまったが、

「へい。その、借金取りから逃げるための方便《ほうべん》でございまして……」

万之助は首を竦《すく》めた。

居酒屋の女将といい、入江町の女郎といい、乱暴者のくせに女の懐に逃げ込む術《すべ》に長《た》けているらしい。

しかし、藤十郎を殺したのが万之助でないのは確かであった。

とはいえ、波除稲荷で藤十郎に絡んでいたのは明らかであり、

「妹の亭主から、金をせびり取ろうとしていたんだな」

と、問い詰めると、

「せびり取ろうなんて……」

「じゃあ何なんだ」

「まあ、その、兄として、ちょいと落し前をつけてやろうと……」

「何が兄だ、馬鹿野郎！」

「へへぇ――ッ」

「お前の異母妹は、兄のお前を、引っ捕えて世の中に出てこられないようにしてやってくれと、おれに神妙な顔で訴えていたんだぜ。いってえどんな落し前をつけるつもりだったんでぇ……」

万之助はしどろもどろになって、痩せた体をさらにすぼめたものだが、

「お久は、好い女房でございましょう」

と、上目遣《うわめづか》いに言った。

「ああ、お前と同じ血が流れているとは思えねえ。夫もよけりゃあ、妻もまたよくできた人だ」

「ですが、あの藤十郎の野郎は、よくできた人なんかじゃあ、ありませんぜ」

「何だと？」

「まだ十六、七の娘に、お久に隠れて手を出しているんですぜ」

万之助は、意外な話をした。

「中岡殿に、女がいたというのか」

風太郎は、出まかせを言うなと、万之助を叱りつけたが、

「いえ、嘘じゃあねえんです。あっしは確かにこの目で見たんですよ」

万之助は頭を振った。

一月《ひとつき》くらい前のことであったか――。

万之助は、芝神明《しんめい》の盛り場をうろついていた。

この辺りに住む、昔馴染《なじみ》の遊び人を訪ね、

「何か好い儲《もう》け話はねえもんかねえ」

などと、聞き出してやろうと思ったのだが、生憎《あいにく》昔馴染は出かけていて、

「けッ、ついてねえや……」

うさ晴らしにその辺りで飲み歩き、芝浜《しばはま》に出て潮風を浴びて酔いを醒まそうとした。

すると、松林の隅で藤十郎が、若い娘と何やら話している姿を見つけた。

藤十郎とは付合いはないがお久の夫がどんな男か、そっと窺《うかが》い見て顔は知っていた。

しかし、十歳ほど歳下のお久にぞっこんのはずの藤十郎が、夕暮れの浜辺の松林で、女としけ込んでいるはずはない。

——人違《ちげ》えに決まってらあ。

と、やり過ごそうとしたが、やはり男は藤十郎としか思えない。

それで、そっと二人の様子を窺ってみると、

「先生……」

娘の縋《すが》るような声が聞こえてきた。

——先生だと？

やはり男は藤十郎であった。

娘は、歳の頃十六、七。

可憐《かれん》な風情を醸《かも》しているが、万之助の目からは、

——あの娘は、ちょいと訳ありだな。

そのように見えた。

やくざな暮らしを送る万之助には、素人娘《しろうと》とは思えなかったのだ。

「先生……、わたしを見捨てないで……」

「おれん、わたしは何があっても、お前を見捨てたりはしないよ」

藤十郎は、おれんという娘の肩にやさしく手をやり、おれんはしくしくと泣いて、藤十郎の腕に顔を埋《うず》めた。

「こんなところを誰かに見られてはいけない。お前のことは何とかするつもりだ。今は、そっと何ごともなかったようにしているんだ。わかったな……」

藤十郎はじっとおれんを見つめ、おれんはこっくりと頷くと、二人は右と左に分かれて歩き出したのだ。

「それで、お前はどうした？」

「どうもしておりやせんよ。お久が不憫《ふびん》で、中岡藤十郎も好い加減な奴だ、そのうち痛え目に遭わせてやると考えながら回向院裏へ帰ったわけで」

「それだけではねえだろう。お前はそれから、そのおれんという娘のことを探ったんじゃあねえのかい」

「旦那には敵《かな》わねえ……」

実のところは、二人が別れてから、娘の住処《すみか》を確かめるために、そっとあとをつけたのであった。

しかし、娘はなかなかに動きが素早く、尾行は容易ではなかった。何度もまかれそうになり、遂には芝の六軒町《ろっけんちょう》辺りで見失ってしまったという。

「芝の六軒町辺りだな」

「へい。間違いございません」

「その後、中岡藤十郎を強請りに行ったのだな」

「強請ったというと人聞きが悪うございますが……」

「ならば何だ？」

「まあ、その、あの女が藤十郎の何なのか、確かめてやろうと」

「それが強請りというものだよ」

「ですがねえ。ちょいと痛え目に遭わせてやりたくなるじゃあありませんか。あのおれんという娘は、きっと奴の手習い子だったんですぜ……」

子供の頃に見込んだおれんに、大人になってから手を付ける。

誰からも敬《うやま》われ、慕われている手習い師匠の、これが正体だ。そう思うとむかっ腹が立ってきたのだという。

「で、波除稲荷の掛茶屋で待ち伏せて、問い詰めたのか」

「へい。妹に言い付けてやるぞと、言ってやりましたよ」

「それが強請りだ」

「すみません……」

「先生はうろたえたか」

「いや、逆に脅されましたよ」

おれんのことを言われると、藤十郎は日頃の温厚な表情を一変させ、

「義兄《にい》さん……、あなたの話はお久から何度も聞いていて、いつか会ったら殺してやろうと思っていましたよ」

まず低い声で告げた。さらに、

「会ってみれば、聞いた通りの人だ。おれんはかつての手習い子で、あなたが思っているような仲ではない。胸を張って言える。色々と訳があって、話を聞いてやっていただけのことだ。とやかく言われることはない。これ以上、この話を言い立てるなら、わたしはどんな手を使ってでも、あなたの口を封じるからそのつもりでいるがいい。とはいえ、義理の兄には違いない。これをあげますから、二度とわたしに関わらないでもらいたい」

と、鬼が乗り移ったかのような形相《ぎょうそう》で言うと、一分《いちぶ》を手渡したという。

「まったく、ぬけぬけと都合の好いことをぬかしやがって……。藤十郎なんぞは恐るるに足らずだが、ああいう生真面目《きまじめ》な男が思い詰めると、何をしでかしれませんや。一分で話をつけようとはしけた話ですが、まあここは、あっしの方も関わり合いになっちゃあ面倒だと、それからは会っていねえんでございます。あっしが奴を殺したなんぞ、とんでもねえことでございます。ここはひとつ、ご了見《りょうけん》なされてくださいまし……」

万之助は風太郎を伏し拝んだ。

気に入らない男だが、話にうそはないと思われた。

とはいえ、叩けばいくらでも埃《ほこり》の出る万之助である。

このまま仮牢《かりろう》に放り込んでおいて、物相飯《もっそうめし》をたっぷり食わせてやることにした。

万之助の仕置《しおき》よりも、まずおれんという娘を見つけるのが先決であった。

風太郎は、加助を呼び出し、おれんの名に聞き覚えがないか問うた。

おれんは万之助が見た通り、藤十郎のかつての手習い子に違いなかろう。

「おれん……。そういえば、そんな娘がおりやした……」

加助は記憶を辿《たど》ると、少し悲しそうな顔をして、

「そうでしたか。先生は、おれんを見かけて声をかけてやったんですねえ」

俯《うつむ》きながら言った。

五

すぐに芝六軒町周辺の探索が始まった。

この辺りは東海道《とうかいどう》を挟んで、袖ケ浦《そでがうら》の海が間近に広がり、雑魚場の活気が聞こえてきそうだが、六軒町は大名屋敷と寺院に囲まれた拝領町屋である。

おれんがこの辺りで姿を消したというのも、謎めいていた。

加助は胸に切なさを抱え、おれんの姿を求めた。

子供の頃に会って以来だが、見れば目鼻立ちの大きかった彼女の顔はすぐわかると思っている。

おれんは不幸な娘であったと、子供心に覚えている。

十歳くらいの時に母親を亡くし、行商をしていた父親の世話をしていたので、手習いも休みがちであった。

それゆえ中岡藤十郎は、時におれんの家を訪ねて、読み書きを教えてあげていたことを覚えている。

どことなく内気で、感情を表に出さない子供であったので、たまに手習いに来ると、他の手習い子からからかわれていたが、

「お前ら、そんなに人をからかいてえなら、おれをからかってみろよ」

加助は粂七を従えて、そんな連中に喧嘩をふっかけたものだ。

「加ぁさん、ありがとう」

おれんはその度に、加助を〝かぁさん〟と呼んで礼を言った。

「おれはお前のおっ母さんじゃあねえよ」

加助は笑って応えたが、少し舌足らずな物言いで〝加ぁさん〟と呼ばれると、何やらほのぼのとした心地になったものだ。

ところが、おれんの父親は、騙《だま》されて仕事仲間の借金の証文《しようもん》に連判してしまい、借金取りから追い廻されるようになった。

その頃加助は既に手習い師匠の許を離れていたので、おれんに何が起こったかわからなかったが、やがて彼女は手習いにこなくなり、父親共々姿を消してしまったと後で知った。

おれんはまだ十二であったと思われる。

藤十郎の許を離れ、家業を手伝うようになった時、二度ほどおれんが父親に連

れられて、甘酒屋に来たことがあった。

その時に、おれんは加助を見て、

「加ぁさん、立派になったわね」

相変わらず舌足らずな物言いで、声をかけてきたものだ。

その時は照れくささが先に立ち、ふっと笑ってやり過ごしてしまった。

後になってみると、

「お前も、しっかりしてきたねえ」

くらいの言葉をかけてやればよかったと悔やまれたが、まだ大人になり切れていない当時の加助には無理もなく、淡い思い出となって胸に残っていた。

喜六は、加助からその辺りの話を聞くと、彼もまた胸に切なさを募らせて、

「中岡先生は、おれんを見かけて声をかけた。すると娘は大変なことになっていたんだろうなあ」

加助を慰めるように言った。

「へい。それでおれんを何とかして助け出そうとして、命を落したのかもしれません」

二人は言葉を失った。

おれんを救《たす》け出そうとして殺されたとなれば、おれんは随分と危ないところにいて、どうしようもない状況に追い込まれているのであろう。

若い娘が陥《おちい》る危機となれば、どこぞで身を売らされているか、己が意思に拘《かか》わらず、悪党の情婦にさせられ、いつしか悪事の片棒を担がされているか、そのようなところであろう。

せめて盗人の一味に引き取られ、下働きでもさせられている方が、まだ救け出すことも出来るというものだ。

いずれにせよ、おれんを思うといたたまれなくなる。

父親と共に姿を消してから、ぐれて毒婦になってしまったとは思いたくはなかった。

万之助が見たおれんは、藤十郎に泣いて縋っていたように見えたという。

きっと、相手が藤十郎ゆえに救いを求めたのに違いない。

それによって、藤十郎は殺されたとすれば、おれんは、その事実を知っているのであろうか。知っていれば、堪えられぬ悲しみに襲われていることであろう。

そして、おれんが無事でいるかの確証も摑めていないのだ。

とにかく、おれんがこの辺りで消えてしまったという、万之助の証言だけが頼りであった。

「親分、おれんはこの辺りにいるんでしょうかねえ」

姿を求める加助も不安になってきた。

「いや、きっとこの辺りにいるはずだ」

喜六は御用聞きの勘を働かせて、確信していた。

おれんが、万之助につけられていることに気付いていたかどうかはわからない。気付いていれば、もう少し人通りの多い、繁華なところで、万之助をまこうとしたはずだ。

万之助とてそれなりの悪党であるから、人のあとをこっそりとつける術《すべ》は持ち合わせていたであろうが、土地勘がなく入り組んだところでは見失う瞬間も生まれるであろう。

その時に、おれんがどこかの家の中に入ってしまえば、万之助も諦めざるをえない。

そもそも入り組んだところに隠れ家があり、そこが人目につきにくいとなれば、知らず知らず人につけられても、容易に撒《ま》くことが出来るはずだ。

「この辺りは、隠れ家を拵《こしら》えるに相応《ふさわ》しいところだよ」

どこかにおれんはいるはずだ、と喜六は睨《にら》んでいたのだ。

しかし、おれんが悪党の一味の一人であるならば、相手は自分達の姿を窺い見る者がいないか警戒するだろう。

御用の筋で見廻っている様子は、避けねばならない。

気付かれると、敵の尻尾は摑めない。

最後は加助が面体《めんてい》を検《あらた》めねばならないので、特に加助は目立ってはいけない。

まず、この辺りに近頃越してきた者や、いつの間にか開かれていた店などを、そっと調べて的を絞った。

裏店《うらだな》の住人には、これといって怪しむべき者の移動はなかった。

近頃開店したのは、そば屋一軒、飯屋一軒、絵草子《えぞうし》屋一軒、古道具屋一軒であった。

喜六はこの中で、盗人宿《ぬすっとやど》の臭いのするのは、絵草子屋と古道具屋と、長年の勘から選び上げた。

そば屋は、芝神明にある店の出店で、飯屋は二月前に火事騒ぎで店を失い、新たに店を開いたものであった。

風太郎は喜六、佐吉、さらに小者《こもの》の竹造、春野家の若党《わかとう》である大庭《おおば》仙十郎《せんじゅうろう》をも動員して、店の様子を探らせたところ、古道具屋に、歳の頃、十六、七の娘がいると知れた。

そこで、加助が娘の姿をそっと窺い見たところ、

「ありゃあ、おれんですぜ。おれんに違いありやせん」

加助は興奮気味に、喜六に伝えたのであった。

六

「いっそこのまま、遠くへ逃げてしまいたい……」

おれんは、愛宕山《あたごやま》を見上げながら、独り言《ひとりご》ちた。

そんなことが叶《かな》わないのは、誰よりもわかっているおれんであった。

彼女はいつも誰かに見張られていたし、彼女もまた、仲間を見張らねばならない。

それが、ふた指《ゆび》一家の掟《おきて》である。これを破った者には死が待っている。

――あの時、いっそどこかへ売りとばされていた方がよかった。

おれんは、近頃そう思うようになっていた。

人の好い父親が、騙されて借金を背負い、借金取りから逃れんとして、まだ子供の自分を連れて町を出た。

しかし、父親は勤勉だけが取り柄の男で、玄人《くろうと》の男達の目を抜いて逃げ果《おお》せるほどの、智恵も度胸も腕っ節もなかった。

娘と別れて逃げることで、おれんから借金取りの目をそらすしか、彼に出来ることはなかったのである。

おれんは泣きながら、父親がくれた百文《もん》の銭を懐に、ひたすら逃げた。

捕まれば売りとばされて苦界《くがい》に身を沈めねばならない。

子供のおれんには、よくわからないことであったが、それだけは避けねばならないと思い、漠然とした恐怖にかられ、ただ逃げるしか思いつかなかったのだ。

逃げたからといって、十二の子供に何が出来るわけでもないものを——。

僅かな銭はすぐに底を突き、人目を逃れて潜む身には飢え死にしか残されていなかった。

売られていれば、どんな辛い毎日が待っていようと、その日の糧《かて》にはありつけたであろう。

何とか逃れようとあがいたがために、今この辛い浮世を生きねばならぬようになったのである。

そこで何という町かもしれぬまま、おれんは飢えに苦しみ、地蔵堂の中で行き倒れた。

気がつけば、江戸に出稼ぎに来ている行商の一団の中にいた。

中年の夫婦に、若い衆が三人付いていていたのだが、彼らは借り受けた百姓家《ひやくしようや》にいて、特に稼ぎに出かけるわけでもなく、時折、家に一人だけ残し、盛り場へと出かけていった。

おれんは、残った一人を手伝い、飯の仕度などをして、出て行った者達を待っていた。

皆、口を揃《そろ》えて、

「お前は命拾いをしたな。ここにいれば食うには困らねえから安心しな」

と言った。

おれんは親切な人達に助けてもらったと喜び、行き倒れるまでのことを話したが、

「まあ、ここにいるのは、皆、お前と似たような者ばかりだよ」

夫婦の亭主は梅次《うめじ》という男で、それ以上はおれんの過去などは問わず、

「だが世の中というものは甘くねえ。ただ飯を食わせてくれるところなどあるもんかい。お前にもちょっとは働いてもらうぜ」

と言った。

ここを追い出されては、再び行き倒れてしまう。

「何でもしますから、置いてください」

おれんは縋りつくしか道はなかった。

「まあ、そんなに意気込まねえでも好いさ。しばらくは内々の手伝いをして、そのうち仕事を覚えておくれ」

梅次はやさしく言ってくれた。

だが、やがてこの男が鬼の首領《しゅりょう》であることを、おれんは知るのである。

彼は、ふた指の梅次という掏摸《すり》の頭目であった。

ふた指というのは、指二本でどんな懐中の物も掏《す》ってしまうという意味で、方々ところを替えて、行商の一行を装い、仕事をするのを日常としていた。

「世の中というのはどうかしている。弱《よえ》え奴はどこまでも辛《つれ》え目に遭わされ、そんな奴らを踏みつけにして、悪党はのうのうと暮らしている。おれ達の仕事はそういう悪党を、ちょいと懲《こ》らしめてやることさ」

梅次はいつもそのように嘯《うそぶ》いていた。

金を持っている者は皆悪党であるから、自分達はそ奴らから金をせしめても悪くはない。それが正義なのだと言うのだ。

温和で、汗水流して働き、決して人を騙したりしなかった父親は、人に騙されて追い込まれた。

別れて以来、行方も知れぬ父親は、生死も定かではない。

そんな苦悩を背負わされたおれんの心には、梅次の言葉はすんなりと入ってきた。

金を持っている者は悪党だと、素直に思えたのだ。

それ以前に、飢え死にをしかけたおれんは、どんな手を使ってでも、生き延びねばならなかった。

気がつけば、いいめんびきの腕が身につき、ふた指一家の一人として、掏摸の稼業にどっぷりと浸ってしまったのであった。

ところが、大人になってあれこれ物を思うようになると、梅次がいくら己が想いを謳《うた》ったとて、金品を掏る相手には善良な人もいる。

盗人猛々《たけだけ》しいとはこのことではないかと、疑いを持ち始めた。

自分のような、どうしようもない境遇にいた子供を、世間の誰も拾ってはくれない。

御政道の裏を生きる者達が、そういう子供に手を差し伸べるのは、ある意味では慈善であり、人助けといえる。

しかし、梅次にはそういう心が無い。

おれんを拾ったのも、悪事に引き込んで、思うように使ってやろうというだけの魂胆《こんたん》で、そこに義侠《ぎきょう》の二文字は見えない。

ただ生きるために夢中で、梅次という頭が、どんな人間かを見る余裕もなかったおれんは、ある時ふと、自分をかわいがってくれた、中岡藤十郎という手習い師匠を思い出した。

「人として生きるには、まず盗みをしないことだ」

それが藤十郎の口癖であった。

その禁を破る者は、その時は満足しても、必ず報いを受けることになると、先生は道を説いてくれた。

おれんが手習いに通えない時は、身を案じてわざわざ訪ねてくれたものだ。

あの人も梅次も同じ人間だが、まるで生き方が違う。

欲のためなら手段を選ばぬ梅次が、次第に疎《うと》ましくなってきた。

大人になったおれんの心の中に、藤十郎の教えがかけらとなって残っていて、それが僅かに光を放っていたのである。

そんな気持ちになれたのも、ここまで生きてきたからで、月々の糧を与えてくれたのが他ならぬ梅次であるのは、何とも皮肉である。

あの頃のか弱い自分ではないのだ。ここから逃げ出してやろう。

何度も思ったものの、おれんは逃げ出そうとして殺された仲間を見たことがあった。

掏摸の仕事は、懐中の物を掏る者、それを人知れず受け取り運び去る者、いざという時に逃げ道を確保する者が力を合わせてかかる。

つまり、いつも互いに見張り合いを続けているわけだ。

今は、愛宕下を行くおれんであるが、梅次の乾分が付かず離れず、彼女の近くを歩いている。

「先生はどうなさっているのか……」

おれんは、その言葉を呑み込んだ。

かつての手習い師匠の藤十郎と、おれんは少し前に思わぬ再会を果していた。

芝神明の賑やかなところを、鴨《かも》を求めて歩いていた時のことだ。

「おれん！　おれんじゃあないか！」

という声が聞こえてきた。

懐かしい恩師のものであった。ちょうどこのところ藤十郎の面影が頭の中に過《よぎ》っていたので、おれんの心は思わず弾んだ。

しかし、その様子を仲間が見ている。

滅多《めった》なことは言えない。

それでも知らぬ顔をして通り過ぎると、藤十郎はますます大きな声で呼ぶかもしれない。

「道で知った人に出会ったら、先を急いでいると言ってやり過ごせ。愛想《あいそ》よくな……」

梅次にはそう言われていた。

おれんは、にこやかに会釈をした。

藤十郎は、小走りに近付いてきた。

「おれん……。達者なようで何よりだ……」

「先生もお変わりなく……」

「大人になったな。随分と案じていたのだよ」

「色々とご心配をおかけしましたが、何とかこうして暮らしております」

「話を聞きたいが、先を急ぐのかい」

「はい。左様でございまして」

「そうかい……。何かあれば、手習い所を覗《のぞ》いておくれ」

「ありがとうございます……」

おれんはそう言って立ち去ろうとしたが、このまま別れ辛くなり、

「先生、実は困っております。そっとお訪ねしますので、誰にも気付かれぬようにしてくださいまし……」

そっと伝えた。

藤十郎は、意味合いをすぐに解し、

「わかった。その時は窓越しに、な」

と、小声で応えて自分から立ち去った。

おれんは高鳴る胸を抑えて、何食わぬ顔をしてそのまま歩いたが、仲間の茂助《もすけ》がそっと寄ってきて、

「何者だ……」

と、鋭い目を向けてきた。

「よく覚えちゃあいないんだが、子供の頃、近くに住んでいたと言うんですよ。まさかこんなところで会うとは、思いもかけなかったとね……」

「そうかい。お前は鉄砲洲辺りにいたんだったな」

「ここからは、それほど遠くはないからね……。だから、この辺りでの仕事は乗り気でなかったのさ。まあ、うまくやり過ごしたから、怪しまれはしなかったがねえ」

「なるほど。気をつけた方が好いな」

茂助は低く唸《うな》った。この男は凶暴で、梅次の恐怖支配の旗頭《はたがしら》といえる。

その日は、目立ってはいけないと、おれんは掏摸の役目から逃れられた。

梅次一味は、江戸にあって三月毎《ごと》に〝猟場《りようば》〟を替えていた。愛宕下は鉄砲洲からは、さほど離れておらず、誰かに会う恐れがあると、梅次には伝えていたのだが、

「お前はもう大人だ。子供の頃を知る者が、ここですれ違ったとしてもわかるもんかい」

梅次は高を括《くく》っていたのだ。

それからは、おれんも御高祖頭巾《おこそずきん》姿になったりして気をつけたから、何ごともなく日が過ぎた。

しかし、おれんはどうしても藤十郎に会いたくなってきた。

一味を裏切ることになりかねないし、命の危険にもさらされるが、それでも、自分の今の境遇を、藤十郎になら話しても、しっかりと受け止めてくれるのではないか。救いの手を差し伸べてくれるのではないか。

そうして、遂に梅次の目を盗んで、手習い所を訪ねることを得た。

仲間が捕まりそうになり、逃げた折にそのまま藤十郎に会いに行ったのだ。

子供達が机を並べて読み書きを習っている姿を、そっと窓から窺うと、まっとうに暮らしていた子供の頃が懐かしく、胸が締めつけられた。

藤十郎は、おれんに気付くと、そっと窓に寄って、芝浜の松林で会おうと告げた。

そこは子供の頃、藤十郎が手習い子を引き連れて海を見に行った折、休息場にしたところであった。

日が傾き始めた頃、二人はそこで落ち合った。

おれんの心と体に、手習い子の記憶が蘇った。いつもやさしく自分を見守ってくれた、手習い師匠の温かい眼差《まなざし》が――。

「おれん、お前は辛い目に遭っているんだね」

藤十郎は親身になって話を聞いてくれた。

いつの間にか消えてしまった手習い子を五年経っても忘れておらず、変わらぬ慈しみを注いでくれる恩師の前で、おれんは己が身の転変をすべて打ち明け涙にくれた。

「わたしを見捨てないで……」

十七歳の娘らしく縋ると、人らしい気持ちになった。

それと共に、悪事から何としても逃れたいと思った。

「だが、下手に動いてはいけない。お前は何ごともなかったようにしているんだ。ここはよく考えて立廻らないと、お前も罪に問われてしまうからね」

藤十郎はおれんがよんどころなく掏摸の道に迷い込んでしまったと信じてくれた。その上で、何とか罪を逃れられるように動かんとしたのだ。

そうして、藤十郎と別れ、おれんは再び梅次の許に戻った。

梅次の女房は既に亡くなっていて、一味のめんびきはおれん一人で、梅次はおれんの腕がどうしても欲しい。

「おれん、お前としたことが、撒《ま》くのに随分と手間がかかったじゃあねえか」

梅次は叱りつけたものの、

「役人を撒いたら、今度はこの前声をかけてきた男にまた見つかりそうになって、それを撒いていると、ちょいと手間取ったんですよ」

おれんが言い訳をすると納得して、

「茂助から聞いたが、そいつは何という野郎だ？」

と、問うてきた。

「さあ、そんなもの忘れちまいましたよ。こっちはまだほんの子供でしたからねえ。先だっては相手が名乗る間もなくやり過ごしたし、もう、どうってことはありませんよ」

おれんはそのように取り繕って、今日を迎えたのだが、あれから藤十郎はどうしていることであろうと、ずっと気になっていた。

思慮《しりょ》深い藤十郎であるから、そのうち何としてでも救いの手を差し伸べてくれるであろう。

そう信じて数日が経ったが、まだその動きはないままに、おれんは愛宕下に来ていた。

掏摸を働くのはもう嫌だが、拒めば殺される。

仕方なく鴨を物色していると、

「姉さんよう、暇ならおれと付合ってくれよ」

いきなり若い男に声をかけられた――。

七

おれんは子供の頃から、なかなかの縹緻《きりよう》よしであった。

それゆえ、借金取りは捕えて売りとばそうとしたし、梅次はめんびきにしようとした。

男は好い女にぶつかられても嫌な顔はしないから、掏摸には都合がよいからだ。

しかしその反面、雑踏で人の懐を狙ってうろついていると、酔った男に言い寄られる時もある。

「何だいお前は……」

おれんは突っぱねようとしたが、

「まあ、おれの話を聞いてくれよ……」

男は調子よく言うと、一転して低い声で、

「久しぶりだな、おれは加ぁさんだよ……」

囁《ささや》くように告げた。

「加ぁさん……？」

若い男は加助であった。

酔態の若い衆を演じて、おれんに近付いたのだ。

おれんの記憶が蘇った。だが、ここで応対するより、相手にしない振りを装い、歩き出す方が得策であった。

「加助さんかい……」

小声で応えた時、

「おれん、久しぶりだなあ。覚えていてくれたかい？」

「覚えていますよ。お前さんは今……」

「御用聞きの親分ところにいる。下っ引きだ……」

「そうだったの……」

おれんの声も小さくなった。

「お前、中岡先生に会ったかい？　そっと教えてくれ。頷くだけでいい」

おれんは、先生が手を廻してくれたのだと思って、軽く頷いてみせた。

「やはりそうなんだな。先生は殺されたってことを知っているか？」

「殺された……」

おれんの顔が青ざめた。

「知らなかったんだな。刃物で一突きにされて、金杉橋の下に打ち上げられたんだ」

「そんな……」

「苦しいだろうが、酔っ払った若いのに絡まれている芝居を続けてくれ」

加助はそのように告げながら、彼もそのふりをしながら、さらに問うた。

「悪いようにはしねえから応えてくれ。お前は、よからぬ奴らと交じわっているな」

おれんは動揺を抑えて再び頷いた。

「盗人か？」

「めんびきになっちまったよ……」

「そこから出たいと先生に？」

「あい」

「よく言ってくれた。先生は、きっとお前の仲間に殺されたんだと思う」

「きっとそうだよ……」

「今は六軒町の古道具屋にいるんだな。そこを仮の宿にしているんだな」

「あい」

「親玉も一緒か」

「あい」

「わかった。今宵捕まえに行く。その上で、お前を助けるから、辛えだろうが、今は何ごともなかったように振舞いな。安心しろ、お前のことは見張っている」

「わかったよ。きっと捕まえて、先生の仇を討っておくれ。ふた指の梅次を……」

「ふた指の梅次……」

加助は思わず酔った若い男の演技が出来なくなるほど衝撃を受けた。

下っ引きの加助とて、その名は聞いたことがある、掏摸の大物である。

「よし、おれん……、おれをひとつ引っぱたけ」

そうして、しつこく付きまとう酔っ払いを追い払えと、加助はそっと告げた。

おれんはひとつ頷くと、涙を堪《こら》えて、

「加ぁさん、ありがとう。立派になったわね……」

消え入るような声で言うと、

「ちょいと！　あんたに付合うつもりはないと言っているだろう。しつこいねえ！」

酔っ払いに絡まれて振り払う、気丈な女を演じて、加助の頬桁《ほおげた》をぴしゃりと張った。

「痛え……ッ。この尼《あま》、好い気になるんじゃあねえぞ……」

加助が怒ったところに、頃やよしと見てとった、ふた指一家の茂助がやって来て、

「おう兄さん、その辺りにしておけ。みっともねえぞ」

こっちは、通りがかりに助けに入った男を演じてきた。

加助は、こ奴が仲間だと確信しつつ、

「わかったよう。強そうな兄さんがお出ましとなれば、引き下がるしかねえや……」

出来るだけ茂助の顔を確かめつつ、その場から退散した。

おれんは、藤十郎の死の衝撃がなかなか収まらなかったが、茂助はそれをおか

しな男に絡まれた興奮ゆえと捉えて、

「お前はちょいと好い女だからな、気をつけるがいいや」

どこまでも他人を装って、声をかけた。

おれんは神妙に頷くと、

「今のですっかり調子が狂っちまったよ。へまをしでかしそうだから、今日はあがらしておくれよ」

助けてくれた礼を言うふりをしつつ、囁くように告げた。

「仕方がねえな。明日はしっかり稼ぐんだぜ」

茂助は低い声で応えると、一旦、その場から立ち去った。

おれんは溜息をつきながら、とぼとぼと六軒町の古道具屋への道を辿った。

その間にも、若い乾分と、頭の梅次がおれんをそっと見張っている。

古道具屋には、現在六人の掏摸が主人と奉公人の体《てい》で潜んでいた。

商売気がまったく感じられない地味な店構えは、主人が道楽で開いているように見える。

まさかここに五人もの奉公人がいるとは、店の前を通りかかっただけでは、誰も思うまい。

店は表長屋の一軒ではなく、裏に雑木林が広がる庵《いおり》風の借家で、裏手からひっそりと出入りが出来る、隠れ家にはうってつけのところであった。

裏木戸から帰ると、梅次は先廻りをして既に帰っていて、

「おれん、気が緩《ゆる》んでいるから、あんな若造に言い寄られるんだよう」

顔を見るや叱責した。

僅かな金で人をめんびきにしてこき使い、自由を与えず、気が緩《ゆる》んでいるもないものだ。

身震いするくらい腹が立ったが、おれんは加助の言葉を信じて堪えた。

「あい……、気をつけます……」

「この前、お前に話しかけてきた男だが、奴は中岡藤十郎という手習い師匠だったようだぜ」

「左様で……」

おれんは、動揺を呑み込んで渋い表情を作った。

あの一瞬のすれ違いで、梅次は藤十郎の素姓を調べていたのだ。

「覚えていなかったのかい」

「ほんの子供の頃でしたからねえ。こっちは父親の世話をして、借金取りから逃

げ廻ってろくに手習いにも行けませんでしたから……。でも、そう言われると確かにそのような気が……」

「そうかい。お前、あれからあの浪人に会っちゃあいねえだろうなあ」

「会うわけないでしょうよ。そんなことをして、お頭に疑われちゃあ生きていけませんからねえ」

「そいつはそうだ。だが、あの浪人の方はお前が気になって、つけ廻してやがったようだぜ」

「そんな……」

「お前をどうにかしたかったのかもしれねえなあ。まあ、もちろん、二度とお前には近付かねえように手は打っておいたがよう」

「そいつはどうも……。お頭の言う通りだ。わたしは確かに、このところ気が緩んでおりましたよ……」

おれんは殊勝《しゅしょう》に頷いてみせたが、怒りと恐怖が交じり合い、胸が激しく締めつけられていた。

どうやら、あの後、おれんが密《ひそ》かに藤十郎に会いに行ったことは、気付かれていないらしい。

しかし、藤十郎はおれんに約した通り、何とかして悪の道から抜け出させてやろうと、おれんを見守りつつ、梅次一味の様子を探ろうとしたが、それを梅次に気取《けど》られてしまったのに違いない。

そして、梅次の命で茂助が人知れず殺害した――。

きっとそうであろう。

自分はもうどうなっても好い。かくなる上は加助がこの鬼の栖《すみか》を襲い、二人の手習い師匠であった藤十郎の仇を討ってくれたら、それでよい。

藤十郎を殺したと伝えないのは、そこまで言って、もしもおれんが気を揉んでは、こっちの稼ぎに関わることだと考えたからであろう。

哀しいことに、おれんは梅次にとって、なくてはならない駒であるのは間違いない。

――お頭、そこがお前の弱みだよう。

おれんは心の内で罵《のの》しりながら、

「こんなに励んできたというのに、お頭に疑われるなんて、まったく情けない話ですよう。これもわたしが、のろまだからなんでしょうねえ……」

ひたすら落ち込むふりをして、おれんは酒徳利を手に部屋へ入った。

酒と自室、おれんに認められた特権であった。

我ながら取り繕う芝居が上手くなったものだと思う。

そんなことに長《た》けても、人としては何も誉められるものではない。

自分のせいで、あの善人の中岡藤十郎が死んでしまった。

あとを追って死んでしまおうかと、おれんは酒に酔い喘《あえ》いだ。

しかし、おれんを生かしているのは、藤十郎の仇を討ったことを見届けたいという思いであった。

自分をこんな嘘つき女に仕立てた梅次が、それによって滅《ほろ》んでいく間抜けな姿を見て笑ってやるのだ。

藤十郎の死を無駄にしてなるものか。

この上もなく不幸な境遇の中、罪を犯すという恥を被って生きてきた。どこまでもみっともない十七歳の娘にも、人としての一分《いちぶん》がある。

おれんはその想いを胸に、もう少し生きてやると歯を食いしばったのだ。

八

その夜。

芝六軒町の古道具屋の周囲を、人知れず黒い影が動き、取り巻いていた。

黒い影の正体が、春野風太郎率いる南町奉行所の捕手達であるのは言うまでもない。

風太郎は、この捕物をあくまでも見廻り中に訴人《そにん》があり、小者、手先を率いて、逃げられぬように出役《でやく》に及んだ体裁にした。

ふた指の梅次一味召し捕りとなれば、当番与力《よりき》に申し出て、物々しく臨んでしかるべきものだが、大ごとにせず、

「たまさか捕えてみれば、梅次でございました」

と、知らせたかった。

そして、喜六、加助、佐吉、小者の竹造、若党の大庭仙十郎を動員し、念のため、日頃から教えを請い慕っている、老練の臨時廻り同心・野川兵衛《のがわひょうえ》に応援を頼んだ。

同心二人は、日頃から小者に持たせている御用箱に納められてある、鎖帷子《くさりかたびら》、脚絆《きゃはん》、脛当《すねあて》などで素早く武装し、捕物用の長十手を手にしていた。

「わたしが先陣を切りますから、野川さんはお楽にしてください」

齢《よわい》四十六の野川同心を風太郎は気遣いつつ、

「危ない時は助《す》けてください」

捕物に加わらねばおもしろくないと言いたげな野川に、花を持たせることも忘れなかった。

日頃はのんびりとした風太郎であるが、悪人に向かう時は、猛烈峻厳《しゅんげん》に攻め立てる。

竹造も仙十郎も、武芸、捕縛術の稽古は欠かさぬ精鋭ぶりで、喜六も、加助、佐吉を伴い稽古に加わっているゆえ、〝風の軍団〟は実に屈強である。

掏摸の一味の五人や六人は、自分達だけで圧倒する自信があった。

「加助、いよいよ弔い合戦だな。存分に働けよ」

風太郎は、気が逸《はや》る加助を励まし、古道具屋に、梅次らしき男がいるのを確かめると、夜が更けた頃に、合図と共に踏み入った。

「南町奉行所だ！　神妙にいたせ！」

風太郎は、木戸を蹴破って中へ入ると、慌《あわ》てて出てきた乾分《こぶん》二人を、長十手で打ち据えたちまち床に這《は》わした。

その勢いに気圧《けお》されて、他の者達は一斉に裏から出て雑木林に逃げ込もうとしたが、そこには喜六、加助、佐吉が待ち構えていた。

「畜生めが……！」

と、匕首を手に切り抜けようとする茂助に、棒切れで打ちかかり、怯《ひる》んだところを組み打ちにして、馬乗りになって殴りつけた。

「中岡先生を殺しやがったのは手前だな！」

「ゆ、許してくれ……」

凶暴無比な茂助も、加助の勢いに押され、なすがままになっていた。

家の中では、二階から裏手へ飛び降りようとしていた梅次を、風太郎が見つけ、十手で腹を突いて、倒れたところを踏みつけて、後は野川が率いる捕手に任せた。

「観念しやがれ」

「おれんはいるか！」

風太郎は、奥の一間に当りをつけて、戸をがらりと開けると、ただ無言で平伏しているおれんを見つけた。

「どうぞ、御存分に……」

しおらしく風太郎を見る彼女に顔を近付けると、

「ひとまず一緒に来てもらおう。だが、よくぞ訴人してくれたな」

にこりと笑うと、加助を呼んで、

「加助、長い間拐《かどわ》かされていたお前の昔馴染だ。お前が面倒見てやりな」

と、言いつけたのであった。

「へい！　畏《かしこ》まりました！」

力強く応える加助の傍らで、おれんは目を丸くして、風太郎の言葉の意味を探っていた。

九

ふた指の梅次とその一味は壊滅した。

その後の調べで、中岡藤十郎は、一味の動向を探らんとしたが、逆に気付かれて捕えられ、芝の海辺で茂助に匕首で刺殺されたと判明した。

その際、藤十郎は岸から海へ落ちて、茂助達は骸を隠すことが出来ぬまま逃げたという。

一味の中には、梅次によって無理矢理働かされていた者もいた。

風太郎は慎重に調べて、そのような者には減刑をちらつかせて、梅次の悪事をとことん洗い出し、白状させて追い込んだものだ。

だが、何よりも称されるべきは、勇気を振り絞って、加助に打ち明けたおれんの行動であった。

そして、おれんの荒《すさ》んだ心を浄化し、勇気を与えた中岡藤十郎の義挙が多くの人を助けたのである。

藤十郎と妻のお久の間には、まだ生まれて間もない乳吞《ちの》み子がいた。

加助は、左官の粂七達、かつて藤十郎の世話になり、そのお蔭で道を踏み外さなかったかつての手習い子達と諮《はか》り、その子を見守っていくことを、藤十郎の墓前に誓った。

風太郎は、おれんもその仲間に入れるように奔走《ほんそう》した。

子供の頃に拐かされ、掏摸達の世話をさせられたが、良心を捨てず訴人に及んだ――。

そのように上申した上で、

「この後は、わたしの手先として使いとうございます」

というのを条件に、身柄を引き受けることが叶った。

加助は泣いて喜び、おれんを実家の甘酒屋に預けた。

息子が家を出て、初老の夫婦で営んできた店である。

事情を伝えても、両親は嫌な顔をせず、

「お前の役に立ち、うちの役にも立つことだ」

と、喜んで引き受けてくれた。

「わたしのような者を、置いてくださるのですか……」

おれんは感激も一入《ひとしお》であったが、

「ちょうど人を探していたところでね。お前さんのように苦労をしてきた人の方が、安心というものさ。それに、倅《せがれ》と隠しごとを分かち合うのが、何よりも嬉しくて……」

加助の父親は、同心の旦那から秘事を託された息子の成長を喜び、これに加担するのを夫婦の楽しみとしたのであった。

風太郎は上機嫌で、喜六、加助、佐吉を屋敷へ呼んで労を労《ねぎら》い、

「しかし何だなあ。喜六も加助も、手前で勝手にぐれておきながら、こうしてまともに暮らしている。一方で、おれんは何も悪いことはしていねえというのに、生きるためにちょいとあがいたら地獄行きだ。この違いは何だ。お前らは好い親に恵まれたってことだ。まったくありがてえな。それにしても、親に恵まれねえ子供を命がけで守ってやる……。そんな男もいるんだなあ……世の中、捨てたもんじゃあねえや」

しみじみと感じ入って、中岡藤十郎という男に想いを馳せた。

喜六と加助は、神妙な面持《おもも》ちで感じ入ったが、それぞれ心の内では、

――この旦那の下で御用を務められるとは、何よりの幸せだ。

という想いを噛みしめていたのだ。

加助は、おれんの様子を見に行く役目を与えられることになった。

これも、喜六の下で手先を務める加助が、時折、親を訪ねる立派な口実になると、風太郎が考えてくれてのことだ。

すぐに甘酒屋を訪ねるのも気恥ずかしかったが、しばらくは一日に一度はおれんの様子を見てやらねばならない。

おれんが甘酒屋で働き始めた初日。

「どうだい調子は？」

ちょっと恰好をつけて暖簾《のれん》を潜《くぐ》ると、

「加ぁさん……。立派になったわね……」

決まり文句を言うおれんの声音《こわね》が、加助の心の中で可憐《かれん》な娘の響きに戻っていた。

第三章　夏の風

一

「おい、佐吉。また、おれが留守番かよ」

「親分がそれで好いと言いなすっているんだから、お前が留守番だよ」

「まったく、どうもおもしろくねえな」

「まあ、そう言うなよ。この前は、お前がちょいとばかり男を上げたんだ。今度はおれの番さ。頼むよ」

「わかったよ」

鉄砲洲の笠屋〝笠喜〟の店先で、御用聞き・喜六の乾分二人が、はしゃぐように言い合っていた。

佐吉と加助。

共に二十歳の若い衆で、喜六の許で下っ引きを務めて、二年になるのも同じだ。

二人は、笠屋の店番を交互にしながら、喜六の供をするのが常であるが、このところは下っ引きとしての腕を上げ、切磋琢磨《せっさたくま》していた。

先頃、加助は手習い師匠・中岡藤十郎殺害の一件で、掏摸《すり》の頭目、ふた指《ゆび》の梅次とその一味捕縛において大いに働いた。

相棒の佐吉としては、負けていられない。

やたらと店番を加助に押しつけ、喜六に付いて御用の筋に出張《でば》るのである。

喜六も、佐吉のやる気に水を差さぬよう、

「加助、ここは佐吉にちょいとばかり譲ってやりな」

と宥《なだ》めている。

いざとなれば、店を休んで総出で御用を務めるのであるから、今は佐吉を立ててやれというところであった。

「まあ、一月ばかりだが、佐吉の方が古参だからな……」

「へい、まあ、そりゃあ……」

日頃から仲の好い兄弟分である。

加助も笑って見送ることになる。

まだまだ頼りない乾分達だが、喜六は手応えを覚えていた。

旦那の春野風太郎からは、

「お前達のお蔭で、随分と楽をさせてもらっているよ」

と言われて、随分と気をよくしているのである。

佐吉は、芝金杉《しばかなすぎ》の魚屋の息子に生まれた。

十四の時には半台《はんだい》を天秤棒に担いで、早脚に町を売り歩いたものだが、江戸の魚屋は、俠客《きようかく》の気風があり、父子二代で、

「偉そうなやくざ者ほど、腹の立つ奴はいねえや」

と公言していて、そんな奴を見かけたり、見下した物言いをされると、

「無職《ぶしよく》が利いた風な口を叩くんじゃあねえや！」

すぐに食ってかかって喧嘩《けんか》をした。

子供の頃に母を亡くし、気の荒い父親と暮らしたから、ますますその傾向は強くなり、十七でその父親と死別してからは、

「おれはもうこの世にただ一人だから、失《な》くすものがねえ。だから恐いもの知らずってわけさ」

魚を売り歩くというより、喧嘩を売り歩くようになっていた。

相手はその辺りのやくざ者、破落戸《ごろつき》に限られていたから、町での評判は悪くなかった。

肉付きがよく、子熊のような愛敬《あいきよう》のある顔付きで、

「佐吉つぁん、ちょっと寄っておくれよ」

方々で声をかけられるので、方便《たつき》にも困らなかった。

とはいえ、いくら相手がろくでもない連中だとて、これでは命を落しかねない。

喜六は、何度か町で見かけた佐吉が気になって、目をかけてやっていた。

すると、ある日のこと、

「ふん、お前らみてえなやくざ者に、売る魚はねえや！」

いつもの啖呵《たんか》を切って、二人相手に喧嘩を始めるところに出くわした。

「おい、魚屋の雑魚《ざこ》。お前、好い気になってるんじゃあねえぞ……」

やくざ者の一人が、にじり寄った。

こ奴は、腕っ節にかけては、無双《むそう》と恐れられている男で、

――こいつはいけねえ。

喜六は割って入った。

男は喜六を見知っていたので、

「こいつは笠喜の親分……」

と、頭を下げた。

「お前らが喧嘩をおっ始めるのは勝手だが、これじゃあ町の衆が迷惑する。まあ、兄さん堪《こら》えてやんな」

「へい、親分がそう仰《おつしや》るなら……」

それで男達は引き下がった。

喜六はふくれっ面《つら》の佐吉を見て、

「お前が喧嘩売りの佐吉かい」

頬笑《ほほえ》みかけた。

そうされると、たちまち愛敬のある顔になる佐吉は、

「お前さんが、笠喜の親分で……」

名を知っていてくれた嬉しさもあり、ぺこりと頭を下げた。

「お前は見どころのある奴だと聞いているが、相手をよく見きわめてから喧嘩はするもんだ。今の男はやくざ者だが、阿漕《あこぎ》な真似はしねえなかなか好い奴だ。魚くれえ売ってやれ」

「へい、親分がそう仰るなら、今度見かけたら詫びを入れておきやす」

「ははは、気に入ったぜ。いちいち突っかかっていたら身がもたねえ。喧嘩もほどほどにな」

「へい。ありがとうございます」

そんな出会いがあって数日後に、喜六は近くを通ったので、佐吉の家を覗いてやった。

以前、佐吉の父親が町で暴れた時に、意見をして、長屋の木戸の前まで送ってやったことを思い出したのだ。

すると、佐吉は体中傷だらけで床に伏せていた。

「おう、また、派手にやらかしたようだな」

喜六が呆れ顔で声をかけてやると、

「こいつは親分……」

佐吉は体の痛みに顔をしかめつつ、にこりと笑った。

「大丈夫かい？」

「へえ、どうってこたあ、ありませんや。ちょいと体を休めておりやす」

「誰にやられたんだ？」

「やられたんじゃあなくて、やってやりましたよ。体は痛んじゃあおりやすが、喧嘩に負けたわけじゃあねえ」

佐吉は体を起こして胸を張ってみせた。

話を聞くと、佐吉は先日、喜六が仲裁に入った、やくざ者の男を見かけたので、

「兄《あに》さん、この前は、口はばってえことを言ってすまなかったよ。許してくんな」

声をかけて謝った。

「そうかい。わかってくれたのかい。お前はいい度胸をしているぜ。無職が偉そうなことを言うようだが、魚屋にしておくのは惜しいぜ」

男は、笑ってあっさり詫びを受けてくれたのだが、兄貴分は許しても、おれ達は許さねえと、弟分達三人がその後やってきて、

「お前、これですんだと思うなよ」

と、絡んできた。

こうなると、佐吉も喧嘩の虫が起こり、そこから大暴れした。

その結果、かなりの痛手を負ったが、天秤棒を振り廻して追い払い、

「おとといきやがれ！」

と、凱歌《がいか》を挙げて家へ帰ったものの、力尽きたのだと言う。
喜六は、どこか人を食ったような佐吉がますます気に入った。
――確かに、魚屋にしておくのは惜しい奴だぜ。
笠屋に戻ったものの、父親を亡くし、そろそろ店番が欲しくなっていた。
この若いのならば、店番をさせつつ、下っ引きの仕事をさせてもおもしろそうだ――。
そんな想いになったが、佐吉は喧嘩をしながらも、親の代からの魚屋を務めている。
きっちりとした生業《なりわい》を持つ者を、御用聞きにさせるのも気が引けた。
――いや、魚屋のままで、時に御用の助けをしてくれたらどうなんだ。
それでも、このまま放っておくのも惜しくなり、
「まあ、たまには鉄砲洲の笠屋を訪ねてくんな。酒の一杯も飲ましてやるからよう」
と、言い置いて立ち去った。
すると、佐吉は次の日から、笠屋を覗くようになった。
喜六は少し嬉しくなって、酒を振舞ってやったり、頂きものの菓子などを与え

てやったりしながら、町の様子を訊ねてみると、佐吉は思った以上に、人の流れや動き、関わりを捉《とら》え把握していた。

「あすこの小父《おじ》さんは日頃はおっかねえんだけど、女房の前じゃあ、一言も喋《しゃべ》らねえで、びくびくしてやがる。一度悪戯《いたずら》で、かみさんの声色で〝あんた!〟って言ってやったら、〝へいッ!〟て応えやがって、大笑いしましたぜ。あの小父さんが〝へいッ!〟なんてねえ……」

噂話をするのも剽《ひょう》げていて、その様子がすっと頭に入ってくる。

「お前とずっと話していてえが、これからおれはちょっと用があって、出かけなきゃあいけねえのさ」

そう言うと、

「そんなら、あっしが店番をしておりやすよ」

佐吉は店番を買って出た。

「手前の商売そっちのけで、笠屋の店番する馬鹿があるかよ」

「好いんですよう。町を売り歩いていると、また喧嘩になっちまいますからね」

「そうかい。そんならお前の好きにすりゃあ好いや」

などとやり取りをするうちに、

「親分、あっしをここに置いてくださいまし。魚屋はきっぱりやめて、親分の乾分にしてもらえませんか」

佐吉は喜六に願い出た。

自分は親もなく一人ゆえ、恐いものは何もないと嘯《うそぶ》いてはいたが、心の内では寄方《よるべ》を求めていたのであろう。

――この親分ならば。

と思ったのだ。

喜六は内心しめたと思いつつ、

「お前のような威勢のいい若いのがいてくれるとありがてえが、本当にそれで好いんだな……」

念を押すと、

「へい！　魚屋よりも、親分のような立派な御用聞きになりとうございます」

肚《はら》を決め、喜六の許へ身を寄せ、下っ引きとなったのだ。

そして、それから後に同じく乾分となった加助と共に、務めに励んでいるのであるが、その佐吉に大役が廻ってきた。

それはある香具師《やし》の一家に、密偵として潜入するというものであった。

二

閏《うるう》四月に入った頃。

本八丁堀《ほんはっちょうぼり》一丁目の七味唐辛子屋の主人・忠次郎《ちゅうじろう》が、目白《めじろ》不動裏手の神田上水《かんだじょうすい》に浮かんでいるのが見つかった。

忠次郎は、笠屋の喜六と同じく、店の商いの傍らで南町奉行所隠密廻《おんみつまわ》り同心の手先を務めていて、この度は音羽《おとわ》に潜入していた。

音羽一帯で、以前から抜け荷が行われているとの情報を得て、遊び人に化けて探っていたのだ。

音羽一帯は、青柳《あおやぎ》の哲五郎《てつごろう》という香具師《やし》が顔役で、裏稼業に生きる者達を仕切っていた。

しかし、哲五郎の上にはさらに元締がいて、影の存在となって、抜け荷を仕切っていると見られていた。

護国寺《ごこくじ》門前の料理茶屋〝小池屋《こいけや》〟の主人・富美蔵《とみぞう》がそうに違いないと、奉行所は睨《にら》んでいて、密かに探索が続いていたのである。

越後新潟《えちごにいがた》の湊《みなと》には、北と南から様々な物産が集まってくるのだが、その中に対清《しん》貿易の輸出品である俵物《たわらもの》が紛れているとの噂は以前からあった。

俵物とは、煎海鼠《いりなまこ》、乾鮑《ほしあわび》、鱶鰭《ふかひれ》などの海産物をさすが、さらにそれらに紛れて、鼈甲《べっこう》や唐薬《とうやく》などの禁制品も、密かに荷上げされているというのだ。

それらの内の一部は、新潟から江戸へ持ち込まれていて、その売買の場が〝小池屋〟ではないかと奉行所では当りをつけていた。

しかし、新潟から江戸への運搬には、どうやら新潟の湊近くに知行所《ちぎょうしょ》がある、旗本《はたもと》・江田外記《えだげき》が絡んでいるらしい。

江田家は交代寄合《こうたいよりあい》三千石《ごく》。無役といえども家格は高く、慎重にことを運ばないと、探索が根底から覆《くつがえ》させられる恐れがあった。

確証を得られるまでは、滅多に手は出せなかったのだ。

それゆえ、奉行所としては隠密廻《おんみつまわ》り同心に命じて、小池屋富美蔵、青柳の哲五郎の周辺をそっと調べていたのだが、潜入してほどなく、忠次郎が無惨《むざん》な姿で見つかったのだ。

当然、探索中に気取《けど》られて、始末されたと見るべきだが、辺りで聞き込みをすると、忠次郎が発見された前夜、彼が酒に酔って、ふらふらと桜木町《さくらぎちょう》の盛り場を歩いている姿を、多くの者が見ていた。

「随分とご機嫌で、川端を千鳥足で歩いていたので、危ないとは思っていたんですがねえ……」

こんな声が聞かれたのだ。

どうやらそれは、確かなことであったらしい。

その夜、一緒に飲んでいたという遊び人風の男達も、

「へい。一緒に飲んでおりやしたよ」

「楽しい人でしたからね。つい酒が進んじまって……」

「随分と酔っていたから、もっと気をつけてあげればよかったと、悔やんでおりやす」

口々に言った。

「近頃この辺りに流れてきたので、何か好い儲《もう》け話があったら教えておくれな」

忠次郎はそんな話をして、酒を振舞ったというから、音羽一帯の情報を摑《つか》まんとしていたのであろう。

「儲け話といってもねえ、あっしらも旦那方の小廻りの用をさせてもらったり、喧嘩の仲裁なんかで、やっと食い繫《つな》いでいるってところですからねえ」

と、男達は役人に対して、愛想よく話したが、何れも哲五郎の息がかかっている者に違いない。

だが取り立てて、何か悪事をしでかしたわけではない。

忠次郎と一緒に飲んでいたが、その後、忠次郎は一人で店を出て、男達と別れたのも、居合わせた誰もが見ている。

どこの町にでもいる、〃ちょっとやくざな兄さん方〃という様子で、この連中を取り調べたとて、何も出てはくるまい。

忠次郎が酒に酔っていたのは、誰もが認めるところだし、彼の体を検《あらた》めると目立った外傷はなかった。

店を出てからの忠次郎は、しばらく盛り場を上機嫌で歩いた後、そこから酔いを醒《さ》まそうとして、川端へ出たところ、誤って上水へ落ちてしまった――。

忠次郎が、密偵として音羽界隈に潜り込んでいたと知る者以外は、それですましてしまうべき一件である。

あまり深く探りを入れると、流れ者の遊び人が、実は南町奉行所の手の者であったと、世間に知らしめることになる。

ひとまず、南町奉行所がそっと手を廻し、忠次郎扮《ふん》する遊び人は、酒に酔って上水に落ちて死んでしまったとすませてしまった。

素姓がばれて殺されたとなれば深刻であるが、ここはどこまでも忠次郎の死を言い立てず、敵を油断させる策をとったのであった。

忠次郎の死によって、隠密廻り同心の手先達は、大事をとって一旦引き上げた。

とはいえ、このまま引き下がるわけにはいかない。

奉行・岩瀬加賀守《いわせかがのかみ》は、引き続き探索を命じ、古参与力・村川平九郎《むらかわへいくろう》は、定町廻り同心・春野風太郎に当らせることにした。

捉えどころがなく、勝手にことを収めてしまう癖がある風太郎は、与力達からはさほど覚えはめでたくなかったが、

「あの男に任せておけば、何とかいたすであろう」

と、腕は認められている。

風太郎であれば、こういう複雑な案件を、焦らずじっくりと、智恵を絞って取り調べのとっかかりを作るだろうと、前線へ送り出したのだ。

「面倒なことを仰せつかったぜ」

奉行所の年寄《としより》同心詰所に呼び出され、この役目を申し渡された風太郎は、組屋敷へ戻るや、大きな溜息をついた。

「まず、そっと当るのだ」

大がかりに動くと、敵に悟られてしまう。

風太郎の存念で動き、よきところで応援を請えというのであるが、

「勝手なことを言ってくれるぜ……」

こういう潜入による探索は、なかなかに骨が折れるものだと知れている。

臨時廻り同心・野川兵衛《のがわひょうえ》に智恵を借り、村川与力と相談の上、

「ひとまず誰かを、相手の懐に送り込み、そこからじっくりと出方を見るしかあるまい」

と、策がまとまった。

「あっしが潜り込みましょう」

御用聞きの喜六が話を聞いて出張らんとしたが、

「いや、お前には、おれとの繋《つな》ぎ役を頼みてえ」

風太郎はそれを押し止《とど》めた。

鉄砲洲にいて、界隈に睨みを利かす喜六であるが、音羽界隈には馴染がないゆえ、潜入が出来ぬこともなかろうが、潜入するより、潜入した者といかに繋ぎをとるかが、難しくなってこよう。

「ちょいと荷は重いが、佐吉に当らせてみようか」

とのつまり、そう決まった。

佐吉なら度胸はあるし、少々痛い目に遭っても、打たれ強さがある。

もちろん佐吉に異存はない。

今は特に、

「加助には負けていられねえ」

という想いが強いので、話を聞くと、

「あっしにお任せくだせえ。きっとお役に立ちますでございます」

小躍りして、心を逸《はや》らせた。

「まずは落ち着け、こいつは危ねえ仕事だ。おれの言うことをよおく頭に入れて、危ねえと思ったら、迷わず逃げろ。おれ達が守ってやるからよう」

風太郎はそれを戒めたが、佐吉の気概《きがい》には満足した。

先頃命を落とした忠次郎は、小池屋富美蔵、青柳の哲五郎の手によって殺されたと風太郎は見ている。

もっとも、忠次郎はそれほど酒が強いわけではなかったというし、探索のために町の者達と酒を酌み交わすうちに、酔って不覚をとったと言えぬわけでもない。

その辺りの真実も探りながら、身の安全も確保していかねばならない。

「おれは、そんなところにお前を行かしたくはねえが、こっちも隠密廻りの手先が殺されていたとなりゃあ、仇《かたき》を討ってやりてえ。頼んだぜ」

風太郎は、神妙に畏まる佐吉を送り出すことにしたのである。

三

日射しは夏のものになろうとしていた。

護国寺門前を南北に貫く音羽の通りは、熱気を帯びていた。

五代将軍・徳川綱吉《とくがわつなよし》の生母・桂昌院《けいしょういん》お気に入りの奥女中・音羽《おとわ》が、この地を与えられ家を築いたのが町の起こりという。

今では江戸有数の歓楽街となり、遊客で賑《にぎ》わっていた。

この界隈を牛耳《ぎゅうじ》る青柳の哲五郎の威勢も、さぞかしのものだと窺われる。

佐吉はまず、青柳一家に近づかんとした。

念入りに調べてみると、何ということであろうか。子供の頃に何度か喧嘩した、与兵衛《よへえ》という男が、一家の身内にいると知れた。

男にはありがちだが、子供の頃は見知らぬ者と町で出くわしただけで喧嘩になったものだ。

与兵衛はそういう相手の一人で、いつも決着がつかず、誰かに止められて別れ行くというのが常であった。

ある時、与兵衛が見知らぬ二人を相手に喧嘩しているところに遭遇して、佐吉は迷わず与兵衛に加勢した。

いつしか二人は、殴り合いながら好敵手として友情を育《はぐく》んでいたのだ。

二人でそ奴らを追い払うと、

「おれは佐吉だ」

「おれは与兵衛だ」

初めて名乗り合い、笑い合った。

それからは友情を深め合う間柄になると思われたのだが、その日を境に与兵衛の姿を見ることはなかった。

佐吉は町中捜し廻ったが、どうやら与兵衛はその後、家移《やうつ》りをしたようであった。

色々と事情があったのであろう。

とどのつまり、与兵衛は音羽へ流れ、渡世人《とせいにん》になったらしい。不幸な目に遭ったのに違いない。

今では遠い日の思い出になっていた与兵衛の名を聞くと、あの日のことが蘇《よみがえ》ってきた。

「こいつは好いとっかかりになるかもしれねえが、佐吉、知っていると、かえって情が絡んでくるかもしれねえよ。どうする？」

再会して、二人が意気投合《いきとうごう》すれば、実に潜入はし易くなるが、かつて一瞬でも気脈《きみやく》を通じた相手を利用し、裏切ることになる。

「お前はやさしい男だから、気が咎《とが》めるに違《ちげ》えねえ」

それでもこの役目を引き受けるかと、風太郎は念を押した。

なるほど、そういうことも考えられると、佐吉は言われて感じ入った。

青柳一家に潜入すれば、自《おの》ずと与兵衛と顔を合わすようになるだろう。

与兵衛が佐吉を覚えているかどうかはわからないが、既に敵対しているわけである。

子供の頃の因縁を引きずっていても仕方があるまい。

与兵衛が忠次郎殺しに関わっていないのであれば、場合によればうまく持ちかけて、罪一等を減じてやれるよう、と立廻《たちまわ》ることも出来るかもしれない。

「あっしは今、御上《おかみ》の御用を聞く身でございます。情に流されずに、与兵衛が過《あやま》ちを犯しているなら、むしろこの手で捕まえてやりてえと思います」

男をあげるためには、苦悩は付きまとう。ここで引いては男がすたる。佐吉は、風太郎の厚情をありがたく受け止めて、今は自分に追い風が吹いていると、勇躍乗り込んできたのである。

あれこれ考えた末、偽名など使わずに、魚屋崩れの佐吉として、青柳一家に取り入ることにした。その方が与兵衛に取り入り易いであろう。

喜六は、佐吉が仕事をし易いように、加助と、風太郎の小者の竹造に音羽の様子を探索させて、与兵衛の立廻り先をまず突き止めておいた。

佐吉はそこへ出向いた。

与兵衛の立廻り先は、桜木町の居酒屋であった。

この辺りの店に顔を出して、変わったことはないかと訊《たず》ね、困っている時は、青柳一家の名の下に力を貸してやるのだ。

地廻りのやくざがすることであるが、まだ二十歳《はたち》になったくらいで、与兵衛はこの界隈ではなかなかに好い顔になっているらしい。

格子縞《こうしじま》の着物を粋に着流し麻表の雪駄《せった》を履いた鯔背《いなせ》な姿で佐吉は居酒屋の表の

通りをうろうろした。そのうちに、

「与兵衛さん、いつもすまないねえ」

と、居酒屋の内から女将らしき女の声がして、
佐吉と同じ年恰好の若い男が出てきた。

——やはりそうだ。

佐吉の目が与兵衛に釘付けになった。

「いやあ、いつも世話になっているのはこっちの方さ」

女将に応える与兵衛の頬笑んだ顔には、あの日、初めて名乗り合った時の面影がそのまま残っていた。

「まあ、これで、ちょいと一杯やっておくれな。ふふふ、うちで飲んでくれたって好いんですよ」

女将は与兵衛に心付けを渡そうとしたが、

「そんな気遣いはよしにしてくだせえ。小遣いなら、親分からもらいますよ」

与兵衛は手を振って歩き出した。

すっかりと貫禄が出ている。

佐吉はそれが癪《しゃく》であった。

与兵衛は佐吉に気付かぬままその場から立ち去ったが、ここからが佐吉の潜入の始まりであった。

佐吉は、与兵衛のあとを付いて歩くと、いきなり後ろから来て、肩にぶつかった二人組を呼び止めた。

「おう、手前、人にぶつかっておいて挨拶《あいさつ》なしかい」

すると二人組は、

「ふん、手前がのろのろ歩いてやがるからいけねえんだよ」

「何か文句があるのかい」

と、やり返した。

この二人は、加助と竹造であった。

佐吉はニヤリと笑って、

「どうでも挨拶はしねえんだな……」

言うや、竹造を突き飛ばし、加助の頬桁《ほおげた》をひとつ張った。

鮮やかな喧嘩を、騒ぎに気付いた与兵衛は振り返って見ていた。

「覚えてやがれ……」

加助は捨て台詞《ぜりふ》を残して、竹造と共に走り去った。

「どうも、おやかましゅうございました……」

通りすがりの者に頭を下げる佐吉を見て、

「ひょっとしてお前は……」

与兵衛は目を丸くした。

佐吉もきょとんとした表情で、

「そういうお前は……、芝の金杉辺りにいた……」

「ああ、与兵衛だよ」

「こいつは驚いた。おれは佐吉だよ」

わかっていたとはいえ、佐吉は子供の頃からの再会に胸が躍った。

与兵衛も同じ気持ちなのであろう。

「相変わらず、好い暴れっぷりだなあ」

と、相好《そうごう》を崩した。

「お前も、この辺りじゃあ、好い顔のようだ。大したもんだなあ」

佐吉は与兵衛とそのまま立ち止まって話し始めた。

子供の頃に何度か喧嘩をした。

それだけの付合いなのに、無性に懐かしく思えるのは、さあこれから友情を育まんと互いに思った時が、別れの日になったもどかしさを、共有していたからであろう。

自分で自分の運命を切り拓《ひら》くことが出来ない子供の悔やしさの共有でもあった。ゆえに、佐吉が与兵衛の心を摑むには、密偵としての偽りの姿でいてはいけなかったのだ。

「あれからどうしていたんだい？」

佐吉が問うた。

心の奥底に持ち続けていた疑問であったから、すっと言葉が出た。

「おれの親父は、ろくでもねえ野郎でよう。色々しでかして、あの町にいられなくなったのさ。まあ、察してくんねえ」

与兵衛は、しかめっ面で応えた。

「そうかい。そんなことだと思ったよ。子供は親に付いていくしかねえからよう」

「ああ、そうして方々《ほうぼう》巡って、いつの間にか、音羽でやくざな暮らしをしているってところだ」

与兵衛の表情を見れば、大凡《おおよそ》のことはわかる。

やくざな父親を持った子供は、親に従って生きるうち、自分もまたやくざな道に陥《おちい》ってしまう。

お前はどうだと、与兵衛は問わなかった。

様子を見れば、喧嘩に明け暮れた子供は、堅気《かたぎ》になれずに今を迎えたというのがわかるからだ。

やくざ者に過去を問うのは、野暮《やぼ》というものであろう。

それでも、与兵衛は佐吉を気にかけていたようだ。

佐吉は、ここぞと筋書き通りに、己の過去を与兵衛に語った。

「おれは、暴れ者とはいえ、魚屋の親父を持ちながら、手前から無職になっちまったよ。まず手始めは、御用聞きの親分のところで台所飯を食わせてもらっていたんだが……」

「下っ引きは務まらなかったか？」

「ああ、よんどころなく転がり込んだだけだから、務まるはずもねえさ。そこでもまた、喧嘩ばかりして追い出されたよ」

「そいつは惜しかったな」

「惜しいことなんかあるもんかい。御上の御用なんて、くそくらえだ」

「音羽には、何をしに来たんだ？」

「どこか、面倒を見てくれるところはないかと思ってよう」

「当てはねえのかい」

「ああ、だが、売り込むものはあるんだ」

「売り込むもの？」

「ああ、御上の動きをねえ……」

「なるほど。そいつは好い手土産になるだろうな」

「買ってくれるところはあるかい」

「まず、話を聞こうじゃあねえか」

与兵衛は、佐吉を促して歩き出した。

その姿を、物陰からそっと加助と竹造が見ていた。

「佐吉の野郎、思い切りぶちやがって……」

「仲が好いようで、実は嫌われているんじゃあねえのかい？」

「竹造さん、よしてくだせえよ……。いや、本当はそうなのかもしれねえな……」

「へへへへ、まずはうまくいったねえ……」

肩を並べて去り行く、佐吉と与兵衛の姿を見送ると、加助と竹造は素早くその場から立ち去ったのである。

四

「佐吉と言ったなあ」

「へい」

「がきの頃に与兵衛の喧嘩仲間だったとはおもしれえや」

「畏《おそ》れ入りやす……」

与兵衛は、それからすぐに西青柳町《にしあおやぎちょう》にある青柳の哲五郎の家へ、佐吉を連れていった。

佐吉の腕っ節を見て、この男なら哲五郎も気に入ると思ったからだ。

「で、御上の動きを売り込みてえってことだが……」

哲五郎は穏やかな表情を崩さずに、佐吉を見た。角張った顔付きに、太い眉、厚い唇……。

香具師の元締に相応《ふさわ》しい、威風のある面相だが、厳しさを内に隠しているとこ

ろが、

――さすがだ。只者《ただもの》じゃあねえや。

と、若い佐吉は格の違いを覚えさせられる。

御上の動きなど、こっちもわかっているが聞くだけ聞いてやろうじゃあねえかという、余裕がある。

「へい。そいつを売り込みたくて、音羽まで参りやした」

「御用聞きの家でごろごろしていたというから、何か小耳に挟《はさ》んだのかい」

「そんなところで」

「買おうじゃあねえか。こいつは手付《てつけ》だ」

哲五郎は懐から、二両分くらいある小粒《こつぶ》を、佐吉の前に転がした。

「ヘッ……。御用聞きの家にいたというあっしをお疑いにならねえんで……？」

「下っ引きも、うちの若い衆も、似たりよったりだ。御上の御用を務めていた者が敵だとは限らねえや」

「へい。仰る通りで……」

「御用聞きの中には、御上のご威光を笠に着て阿漕《あこぎ》なことをしている野郎もいる。それが嫌になって、鼻を明かしてやろうってところかい？」

「へい、まったくその通りで。何が御用聞きだ。ほんの小遣い銭で、こき使いやがって……。それで頭にきて、若え奴らと喧嘩になって出てきたんですがね。あっしもたとえ転んでもただじゃあ起きやせん……」

佐吉は予《あらかじ》め、喜六の許で稽古を積んだ受け応えを生かして、哲五郎の問いかけに応えた。

「へへへ、もったいをつけちゃあいけませんねえ。明後日《あさって》でございますが、こちらさんの富士見坂《ふじみざか》の賭場《どば》を、南町の役人が取り締まるとのことでございます」

「富士見坂の……？」

哲五郎は首を傾《かし》げてみせた。

うっかりと話に乗らず、そこに賭場があるのかどうかは応えずに、

「そうかい。そんなところに賭場を開いた覚えはねえが、ちょいと気をつけてみようよ」

「へい。どうぞ、お気をつけなすって……」

「明後日が楽しみだぜ。それまで与兵衛、喧嘩仲間を遊ばせてやんな。明後日になったら、佐吉と呼べる仲になりてえもんだな」

哲五郎はニヤリと笑った。

「ありがとうございます……」

佐吉は、小粒を集めて懐に入れると、与兵衛に連れられて、その場から離れた。

「おれのことは、与兵衛と呼んでくれりゃあ好い」

「おれのことも、佐吉と呼んでくんな。明後日が楽しみだが、おれの言ったことがその通りにならなかったらと思うと、ちょいとばかり恐ろしいぜ」

「お前は確かにそう聞いたんだよな」

「ああ、もちろんだ」

「そんなら気にすることはねえや。敵もさるものだ。話が漏れていると気付いて、取り止《や》めることもあるさ。ちょっとくれえのしくじりを、責める親分じゃあないさ」

「もし役に立たなかったら、ちょうだいした金はそっくり返して、何でもするから、おれをこき使ってくんな」

「ははは、お前は律儀《りちぎ》だなあ。この先は、よろしくやりてえもんだな」

与兵衛は、佐吉の肩を叩くと、哲五郎の家の広間へ連れていって、一家の若い衆達に、佐吉を引き合わせた。

与兵衛は、別に一部屋与えられているらしく、しばらくそこで寝泊まりすれば好いと言ってくれた。

「飯は台所に行けばいつでも食えるからよう」

「何から何まですまねえ」

「気にするねえ。あん時お前は、おれを助けてくれたじゃあねえか」

与兵衛は、最後に会った日のことを、よく覚えていた。

「あん時、助けておいてよかったぜ。いつもお前には殴られっ放しだったのによう」

「何言ってやがんでえ、それはこっちの台詞だよ。さあ、町へ出ようぜ」

佐吉は、たちまち与兵衛と打ち解けて、二人で町へ繰り出した。

己が身分が御上の手先であることを忘れてしまいそうであった。

「親分は好いお人だなあ」

佐吉は心からそう思った。

裏へ廻れば、どんな悪事に手を染めているかわからぬ男ではあるが、初めて会う二十歳の若造に、情をもって接してくれた。

そして、佐吉の売り込みには、迷わず応じて金をくれた。

なかなかに気風《きっぷ》の好い男ではないか。

そんな話をすると、

「富士見坂のことについちゃあ、少しばかり前に、見慣れねえ男が客に紛れていたようで、親分は気になすっていたのさ」

与兵衛は低い声で言った。

「そうだったのかい。そんなら、ちょうど好い時に売り込めたってわけだな」

「ああ、気はつけちゃあいるが、手入れの日がわかりゃあ、これほどありがてえこたあねえからな」

「まず、明後日は見ていてくんなよ」

「楽しみだぜ、今頃親分は何か手を打っていなさるだろうよ」

不敵に笑う与兵衛は、味方ならば頼りになる男に思えた。

青柳の哲五郎は侮れぬ。

佐吉は、実は何もかも見透《みす》かされているのではないかと、そら恐ろしさを覚えたが、彼らに対して、

――この悪党め。

という敵愾心《てきがいしん》がまったく湧いてこないのが不思議であった。

その哲五郎は、腹心の乾分を一人連れて、護国寺門前の料理屋〝小池屋〟へ出かけていた。

「あっしは、うめえものには目がなくてねえ。こちらの料理は何を食べてもうめえから、つい来てしまいますよ」

と言って、挨拶に来る店の主・富美蔵相手に一杯やるのが楽しみになっていた。

「青柳の元締ほどのお人に、喜んでもらえて何よりですよ」

それが富美蔵の決まり文句である。

哲五郎とは真逆の細面《ほそおもて》で上品な顔付きの富美蔵は、哲五郎だけではなく、店に来る上客の座敷には小まめに顔を出し、どのような話にも付合えるだけの知識を持ち合わせていた。

和《なご》やかな二人の話し声は、隣の座敷にまで届いていた。

その座敷には、絵師の姿に身を変えた、春野風太郎がいた。

〝小池屋〟は、一見《いちげん》客は断っているのだが、奉行・岩瀬《いわせ》加賀守《かがのかみ》自らが乗り出して、風太郎が名だたる絵師であると見せかけ、常連の紹介を経て、店に通えるように手を廻していたのだ。

風太郎は、既に佐吉が情報の売り込みを無事すませたことを知っていた。

与兵衛と町へ繰り出しながらも、佐吉は町に潜む喜六、加助に合図をそっと送り、役目の完遂を知らせていたのだ。

そして、哲五郎が動いた。

影の元締と目されている富美蔵と、座敷で盃《さかずき》を交わすとなれば、上客と店の主人の体《てい》を装いつつ、富士見坂の賭場についての話が出るのではなかろうかと、耳を澄ましていたのだが、

――こいつは見込み違いかもしれねえ。

と思われるほど、哲五郎と富美蔵の会話には、悪事の臭いがしなかったのである。

五

青柳一家の客分の形で二日を過ごした佐吉であった。

哲五郎の懐中に入ったというのに、彼もまた、ここで悪事が行われているのか、まるで読めなくなっていた。

香具師であるから、堅気《かたぎ》ではない。

しかし、博奕《ばくち》、隠し売女《ばいじょ》、盛り場の自警《じけい》などは、どこにでもあるもので、御上もいちいち取り締まっていない。

早くに二親と死に別れた子供、どうしようもない暴れ者、遊び人の親を持つ子供は、世間にあぶれてぐれるしかない。

そんな者達の受け皿になっているのが、香具師の一家であるといえる。

ひとつ間違えば、佐吉もこんなところの世話になり香具師の乾分となって暮らしていたかもしれない。

佐吉は、自分も下っ引きになっていなければ、日々、嬉々《きき》として音羽界隈を歩いていたとしてもおかしくはない。

心底そう思われて、与兵衛と共に過ごすのも、相棒の加助とはまた違った味わいがあり楽しかった。

そうして迎えた賭場の手入れの日。

臨時廻り同心・野川兵衛が、富士見坂の賭場を襲った。

そこは、哲五郎の息のかかった駕籠《かご》屋の二階であった。

哲五郎くらいになれば、町方の手が及ばない旗本屋敷の中間《ちゅうげん》部屋などに賭場を拵《こしら》えればよいのだが、そうすると旗本にそれなりの謝礼を払わねばならなくなる。

馴《な》れ合いになれば、次第に旗本は無理な金の要求をしてくるようになり、面倒が増える。

それゆえ、哲五郎は自分の息がかかった料理屋、駕籠屋、矢場《やば》などに賭場を設け、誰もが気楽に入れるようにしていた。

この地の町役人には、日頃から付け届けをしていたし、賭場に役人が踏み込むことなどまったくなかった。

それを襲ったのは、時には抜き打ちで手入れをして、ほどほどにしておくようにとの警告を発するため、そのように見せかけたが、これは、佐吉の土産を拵《こしら》えてやるための手入れであった。

当日、予《かね》て申し合わせてあった野川が、数人の手下を連れて駕籠屋へ押し入り、

「南町奉行所の取り調べじゃ！」

と、二階座敷に踏み込んでみれば、そこに賭場はなく、微行《びこう》姿の大身《たいしん》の武士が、駕籠を待つ間の一時、茶を服していた。

武士は、抜け荷に絡んでいるのではないかと噂されている江田外記その人であった。

「無礼者めが！」

野川同心は一喝《いっかつ》されて、這々《ほうほう》の体《てい》で引き上げた。

踏み込んでみれば蛻《もぬけ》の殻《から》――。

予めそれは約束ごとであったが、まさか交代寄合の旗本がいるとは思いもかけず、

「哲五郎め、味な真似をしよって……」

野川は歯噛みしたものだ。

哲五郎はしてやったりで、

「お前の言う通り、おれが賭場を開いていると思い違いをした町方が、間抜けなことをしやがったぜ。ははは、好い気味だ」

佐吉を呼んで悪戯っぽく笑った。

「そもそも賭場なんてものは、町の衆のささやかな楽しみなんだ。こちとら大負けしねえように、工夫をしてあるんだから、いちいち御上が締めつけるこたあねえんだ。そう思わねえかい」

哲五郎の話はどれも領《うなず》ける。

「お役に立てて何よりでございます」

今度の賭場の手入れの一件も、こっちが仕掛けた罠《わな》のひとつなのだが、佐吉は誉《ほ》められて喋っていると嬉しくなってきた。

「役人なんて奴らはよう、百姓や町の者から銭金を巻き上げているくせに、偉そうなことを吐《ぬ》かしやがる。そのあげくに、あれをするな、これをするなと締めつけやがって、まったく頭にくるぜ。おれ達は人様からのかすりで暮らす半端者《はんぱもの》だが、役人なんぞより、余程《よほど》、人様を楽しませているぜ」

上機嫌の哲五郎は、佐吉にさらに小遣いを与え、

「これからは佐吉と呼ぶぜ。身内になれとは言わねえが、まあ、お前のしてえようにすりゃあいいや」

と、労《ねぎら》った。

当り前のように、

「お前を乾分にしてやるぜ」

などとは言わず、思うようにしろと言うところも心地よい。

「佐吉……」

と呼ばれると、初めて笠屋の喜六に声をかけられた時の喜びが湧いてきた。

「与兵衛、おれは、偉そうなやくざ者を見かけると、頭にきて喧嘩を売ってやっ

たもんだが、こちらの元締は誰にもやさしくて、おれは驚いているよ」

「何があっても、堅気の人には手を出さねえし、腰が低い。おれはそういうところに惚れているのさ」

まだ二十歳そこそこの若造を、

「人ってえのは歳や付合いの長さじゃあ計《はか》れねえもんさ。幾つになっても使えねえ奴、何年付合ってもよくわからねえ奴、そんな奴らに構っちゃあいられねえや」

そう言って、引き上げてくれるのもありがたいと、与兵衛は言った。

「佐吉、お前ならすぐにおれくれえの顔になれるはずだ。どうでえ身内になれよ」

「ああ、そのつもりだが、厚かましい奴だと思われねえかと気が咎めて、すぐに返事ができなかったのさ」

「へへへ、そうかい。お前も遠慮をしていたんだな」

「ああ。一度役に立ったからといって、好い気になるのもどうかと思ってよう。しばらくはお前の手伝いをして、すっかりと認められてからのことにしてえのさ」

「わかったよ。お前の気持ちは、おれからうまく元締に伝えておくよ」

「かっちけねえ……」

佐吉の潜入は順調であった。

しかし、抜け荷の確証を摑むのは、随分と難しく思われた。

哲五郎は、与兵衛と佐吉を労ってやろうと、〝小池屋〟に二人を連れて行ってくれた。

その折に、主人の富美蔵にも会えたが、

「元締のところには、好い若い人が揃《そろ》っていますねえ」

「ははは、こいつは畏れ入ります。以後、引き立ててやってくださいまし」

二人の会話は、料理屋の主人と常連客のやり取りに止まり、富美蔵が哲五郎の親方であるとはまるで思えない。

それでも、何かというと哲五郎は、〝小池屋〟に行くし、行けば必ず富美蔵と会う。

富美蔵の顧客には物好きが多く、禁制品を求める者がいたとて不思議ではない。

さらに〝小池屋〟には、旗本・江田外記が時折姿を見せる。

富美蔵の過去は謎に包まれている。

大坂《おおさか》の蔵侍《くらざむらい》の出で、江戸へ出て上方《かみがた》風の料理屋を開き、これが当りをとったというが、確かに富美蔵と思《おぼ》しき者が大坂にいたとされているものの、どうもぼやけているのだ。

哲五郎は、先代の青柳一家の元締から跡目《あとめ》を継いだのだが、上に立つ者として、度胸、腕っ節、智恵に勝《すぐ》れていた上に、集金に長《た》けていた。

それゆえ、南町奉行所は、早くから哲五郎に目を付けていたのだが、富美蔵との交誼《こうぎ》を結んでから、たちまち頭角を現したというので、いつからか富美蔵の乾分になっていたのではなかったか——。奉行所はそのように見ていたのだ。

春野風太郎もまた、料理屋に潜入していた。

しかし、怪しむべきところはあっても、二人が裏で繋がり、暴利を貪《むさぼ》っているようには見えない。

となれば、密偵の忠次郎殺しに探索を集中させ、下手人を捕えることが先決ではなかろうか。

下手人を押さえれば、そこから手がかりが広がっていくだろう。

その意向を、密かな繋ぎをもって、佐吉に伝えたのであるが、佐吉からの報告は芳《かんば》しくなかった。

「ちょいとこの町にも慣れておきてえから、辺りをぶらぶらとしてくるよ」

佐吉は与兵衛に断って、護国寺の境内《けいだい》を巡った。

与兵衛は付合うと言ったが、

「お前はあれこれ忙しいから、いつも頼っていちゃあ、元締に申し訳ねえや」

と、一人で出て来たのである。

掛茶屋の長床几《ながしようぎ》に腰かけ、小女《こおんな》に茶を頼むと、背中合わせにいた二人連れの客が、話を始めた。

二人連れは喜六と加助であった。

茶屋で語らっていると見せかけ、佐吉に問いかけたのだ。

「その後はどうでえ……」

「お前は大したもんだなあ。随分と気に入られているみたいじゃあねえか」

喜六と加助の問いに、

「言われた通りにしているだけですよう」

佐吉は少し切ない表情を浮かべた。

喜六と加助の声を聞くのはほっとするが、同時に与兵衛を裏切っていることになる。

それが哀しいのだ。務めとはいえ、そういう非情なところに身を投じている自分は、いったい何がしたくて生きているのか。ついそんなことを考えてしまったのだ。

「荷については、なかなか尻尾を摑めねえ。旦那は、まず忠次郎殺しの下手人を捜し出すのが先だと仰せになっていらあ」

「そ奴をお縄にして、とっかかりを作るってことですねえ」

「そういうことだ。疑わしい野郎はいねえかい」

「まだ見当りません……」

「そうかい……」

「元締は、香具師とはいえ、俠気《おとこぎ》のある好い男で、外からも内からも慕われておりやす。都合の悪いことがばれそうになったからといって、人殺しをするような人とは思えません」

「お前の目から見て、忠次郎が死んだのは、一家のせいじゃあねえと？」

「あれは忠次郎さんが、酒に酔ってたまさか川へ落ちたんじゃあねえか、そんな気がいたします」

「忠次郎は殺されちゃあいねえだと？　そんな甘口を言うんじゃあねえや」

喜六は声に力を込めた。

「いや、しかし、どうやって……」

「千鳥足で町を行く奴を、誰かがどこかへ引っ張り込んで、無理矢理酒を飲ませる……。忠次郎はふらふらになりながら、その場から逃れたが、川辺で人気《ひとけ》のない折を見計らって突き落した……。旦那はそのようにお考えだ」

忠次郎が、ふらふらと歩いているのを何人もが見かけている。

その視線が途切れたところを突き落してしまえば、町の者達は忠次郎が、そのうちに誤って上水へ落ちたと思うであろう。

そんなことではなかったかと、風太郎は見ていた。

流れ者の遊び人を装ったのだ。そんな男が上水へ落ちて死んだとて、誰も気にかけまい。そこを狙ったのに違いない。

ただの事故であったと考えられないわけでもないが、まず殺されたと疑ってかかるべきであろう。

それを、佐吉は事故であろうと、早々と決めてかかっている。

――こいつはいけねえ。

喜六は、佐吉が与兵衛と哲五郎に、すっかりと心を開いてしまっていると確信した。

木乃伊《みいら》取りが木乃伊になった。

風太郎は、それを初めから恐れていた。

佐吉は気の好い、やさしさを持ち合わせた若者である。

これと見込んだ人に感化され易い。

喜六を慕い、きっぱりと魚屋をやめてしまったのも、その顕《あら》われであった。

青柳の哲五郎の評判は、風太郎とて聞き及んでいたし、実際に料理屋の襖《ふすま》越しに、富美蔵と話しているのを聞いていると、悪辣《あくらつ》な男には思えない。

小池屋富美蔵もしかりだ。

いずれも会えば親しみが湧くのであろう。

だが、本当の悪党とは、表と裏の使い分けがきっちりと出来るものだ。

裏で血腥《ちなまぐさ》いことをしている分、表の顔は好い人でありたいと考えるのであろう。

見習いとして同心の役に就いてよりこの方、風太郎は色々な悪人を見てきたが、そういう者こそが名だたる賊徒《ぞくと》といえる。

己が心を抑えて、そんな強敵相手に淡々と探索が出来るのはそれなりの経験がいる。

「佐吉にはまだ荷が重いかもしれねえ。喜六、こいつはいけねえと思ったら、構うことはないから、すぐに手を引かせろ」

風太郎は、佐吉を送り出してから、喜六にそのように伝えてあったのだ。

「お前、昔馴染を裏切れなくなったのなら、それでも好い。明日にでも帰ってこい」

喜六は、そのように言い置いて、その場を立ち去ったのである。

六

佐吉は苦悩した。

帰ってこいと言われても、御用聞きの許でごろごろしていた佐吉という触れ込みで潜入しているのだ。

姿を消して、再び御用聞きの許へ戻ったら、この度の潜入のあらましが、相手にわかってしまう。

長い間をかけてでも相手の懐に入り、確実にお縄にしないと、そう易々と戻れぬ佐吉であった。

そういう苦難も承知で、男をあげるために音羽へやってきたからには、情に流されて真実を見誤るわけにはいかない。

思えば、この度の探索は小池屋富美蔵、青柳の哲五郎が、旗本・江田外記を利用して抜け荷を働き、それを隠密裏に調べていた手先の忠次郎を抹殺《まっさつ》したのではないかという事実を掴まんとするものである。

そして、ちょっとした疑いだけで探索をするほど、奉行所は愚かではない。

賭場の手入れをわざとしくじる芝居までして、奉行所は佐吉の潜入を助けたのだ。

忠次郎の死は、事故であったのではないかで、すまされるはずはなかった。

喜六に、〝甘口を言うんじゃあねえ〟と叱責《しっせき》されて、佐吉はこのままではいけないと改めて思い知らされ、己が甘さを恥じた。

だが、与兵衛とは気が合い、話せば話すほど楽しくなってくるのは、いかんともし難い。

その想いが募ると、ここから逃げ出したくなってくるのだ。

与兵衛については、子供の頃の郷愁があったが、大人になって悪の道に進んでいるなら、せめてこの手で捕えてやろうというつもりでいた。

しかし、会ってみると彼は、〝ちょいとやくざな好い男〟になっていた。表面上は邂逅《かいこう》を喜び、旧交を温めるふりをして、与兵衛の裏の顔を探ろうとしたが、町の衆に好かれている与兵衛は、佐吉の目から見て文句の言いようのない好男子になっていた。

それだけに辛いが、どこまでも与兵衛を疑い、前へ進むしか道はない。

佐吉はここへ来る前に、まだ五つのあどけない忠次郎の息子をそっと見てきたことを思い出した。

自分の父親が何故《なにゆえ》いなくなったかわからぬままに、残された母親に頰笑む様子を見ると、

――お前の親父さんの仇は、きっと討ってやるからな。

その時は心に誓ったものだ。

かくなる上は、早く決着をつけてやろう。結果はどうあれ、下っ引きとしての仕事をまっとうするしかない。佐吉は心に屈託《くったく》を抱えながらも、意を決して、

「与兵衛、おれは青柳一家の身内になれるかねえ」

と、与兵衛に切り出した。

「そうこなくっちゃあいけねえ」

与兵衛は小躍りした。

「元締は許してくださるかい」

「あたぼうよ。それを望んでいなさるに決まってらあ」

「そいつはよかった」

「固苦しい盃《さかずき》ごととかはしねえが、元締の前で、幾久《いくひさ》しゅうよろしくお願い申します、と手を突いて言やあ、それで身内さ」

「そんなら取り次いでくんな」

「任せておけ」

話はとんとん拍子に進み、その翌日に、佐吉は与兵衛に言われた通り、哲五郎の前に手を突いて、

「幾久しゅうよろしくお願い申します」

と願い出て、

「ひとつ励んでくんな」

と、あっさり認められた。

固苦しい儀式ではなく、哲五郎の他は兄貴分である古参の乾分衆が三人と、与

兵衛が列席するだけのものであったが、その場所は〝小池屋〟で、座敷には富美蔵が顔を出した。

「これは元締、好い身内ができて、よろしゅうございました」

交誼《こうぎ》があるので列席したようだが、様子を見ると、実は富美蔵へのお披露目を兼ねているようにも思える。

さらに縁が深くなれば、富美蔵に認められて、もうひとつ先の身内になる儀式がある。

佐吉の目にはそのように映ったのである。

料理屋の主に対して、哲五郎も古参の衆もやたらと礼を尽くしているのが、どうも妙であった。

「これでお前も身内だぜ。兄弟、よろしく頼むぜ」

与兵衛は喜んでくれた。

「おれがこんな風に認めてもらえるとは、ありがてえや」

佐吉は感じ入ってみせたが、このところの佐吉の屈託が、身内などとは恐れ多いと逡巡《しゅんじゅん》している姿に映っていたのかもしれない。

佐吉は、深く沼に足を踏み入れたような気になった。

ここまでは、侠気のあるやさしい元締であった哲五郎が、別人のように凄みに充《み》ちた賊徒の頭目《とうもく》のように見えてきた。

別段何が恐ろしいわけではないのだが、好い人だけでは務まらぬ、香具師の性《さが》が垣間見られたのだ。

――なるほど、これが玄人《くろうと》の中の玄人の世界か。

佐吉に緊張が走った。

それが彼を正気に戻してくれた。

自分は仲間を探しに来たのではなかった。人殺しの咎人《とがにん》を捜しに来たのだ。

与兵衛が好い奴であろうと、それは何ほどのものではない。

忠次郎の仇を見つけて裁きを受けさせるだけだ。

「佐吉つぁん……。元締をよろしくお願いしますよ……」

富美蔵の言葉もまた、この日はどこか凄みを帯びていた。

「へい。小池屋の旦那、どうぞお引き立て願います」

佐吉は恭《うやうや》しく返事をして、気を引き締めた。

哲五郎は、身内にする者に対する値踏みも欠かさないらしい。

「佐吉、手始めにまず働いてもらおうじゃあねえか」

と言ってから、意味ありげに与兵衛を見た。

「へい。何でもお申しつけくだせえ」

佐吉が応えると、

「よし、そんなら与兵衛、頼んだぜ」

「承知いたしやした。佐吉、行くぜ！」

与兵衛はすぐに、佐吉を連れてその場を辞去《じきょ》した。

――これから何かが起こる。

佐吉は敏感にそれを察した。

「与兵衛、おれはいってえ何をすりゃあ好いんだい」

「米櫃《こめびつ》を食い荒らすねずみを退治するのさ」

「何でえ、ねずみ退治かよ」

「まあ見ていろ。敵は内の中にもいるってことさ」

与兵衛は、佐吉と〝小池屋〟の台所の押し入れに入って、ねずみが来るのを待った。

ねずみというのは、米櫃を荒らす内なる者のようである。

「与兵衛、米櫃の中には何か隠してあるのかい？」

「まあ、そういうことさ。それが何なのかは詮索しねえのが身のためさ」

「まだ身内になったばかりのおれには、知る由《よし》もねえか」

「おれも同じだが、とにかく、米櫃の中の物を勝手に見たり、盗んだりする者は、死んでもらうってわけさ」

「ここで待ち伏せて、探ろうとしたところを殺《や》っちまうのか……」

「まあな……。そいつを殺りゃあ、おまえも晴れておれの兄弟分だ」

与兵衛は、薄暗い台所を戸の隙間《すきま》から見て、佐吉に匕首《あいくち》を握らせた。

ずしりとした重みを覚えながら、佐吉は平気な表情を取り繕ったが、このままでは殺しをさせられると、気が気でなかった。

しかも、与兵衛はごく当り前のように、殺しの仕事を佐吉にさせようとする。

「心配するな。おれが助けるからよう」

一家に楯《たて》つく者は平気で殺すことが出来る。

哲五郎の身内となった佐吉はここからさらに値踏みをされるらしい。

佐吉は、生きるか死ぬかの瀬戸際に立たされ、武者震《むしゃぶる》いを覚えた。

与兵衛としばらく見張っていると、夜が更けてから、与兵衛が睨んだ通り、ひとつの影が台所に忍んでくるのが、ぼんやりと見えた。

与兵衛はニヤリと笑って、佐吉の肩を軽く叩いた。

佐吉は唖然《あぜん》とした。影の正体は店の女中であった。

与兵衛は、息を殺して素早く押し入れから出ると、米櫃の前で息をこらす女中に、背後から匕首を突きつけ、

「お前、こんな時分に何をしてやがるんだ」

と、低い声で告げた。

女中は、しどろもどろになり、

「い、いえ……。旦那様が昨夜、ここに何かを隠されたようで、それが気になって……」

「中の物を確かめようとしたのかい」

「はい……」

「旦那は仰《おつしや》っていたよ。米櫃にある物を隠そうとしたら、誰かに見られたような気がしたとな」

「許してください。わたしは何の気なしに、中の物が気になっただけなのです……」

「中の物がちょっとしたお宝なら、そのままいただいちまおうと思ったのかい」

「まさか……」

「何でも知りたがる女ってえのは性質《たち》が悪いぜ。ちょいと来てもらうぜ」

与兵衛は有無を言わさず、佐吉と二人で女中を裏手の庭へ連れ出すと、店の小さな蔵へ押し込んで、いきなり当て身をくらわせた。

女中はその場でくずおれた。

蔵の中には、数人の若い男がいた。与兵衛はその一人に、

「元締を呼んでこい」

と命じると、佐吉と並んで女を見下ろした。

「馬鹿な女だぜ。まあ、こっちは楽に連れて来られたわけだがよう」

「与兵衛、この女をどうするんだ」

「知れたことよ。元締が来たら、殺っちまうのさ」

「おれが殺るのか？」

「女を殺るのは気が進まねえだろうが、まあこれも仕事のひとつよ」

「そいつは好いが、どうしても殺らねえといけねえのかい」

「こういう女は、生かしておくと、どこでべらべらと余計なことを話すかしれねえ。楽に死なせてやるがいいさ。これでお前も、元締の覚えめでてえ一家の兄貴

分さ」

与兵衛は頰笑むと、佐吉が懐に呑んだ匕首を着物の上から叩いてみせた。

佐吉は気分が悪くなってきた。

これが、気の好い、俠気のある与兵衛なのであろうか。

哲五郎とて同じだ。殺せと命じた限りは、それを見届けておかないと、気がすまないのであろう。

虫けらを踏み潰《つぶ》すかのように女を殺す。

人間には表と裏両方の顔があるものだが、裏の顔は鬼と変わらない。

「与兵衛、前にもこんな風にねずみを始末したことがあったのか？」

「あったさ。あれこれ嗅《か》ぎ廻っている野郎がいたから、そいつを川の近くで物陰に引き込んで、無理矢理酒を飲ませてから、一旦逃がしてやった。それで、酒が廻ってきたところを見計らって、川へ落したってわけよ」

「考えたな」

「突き落すところさえ見られなかったら、酒に酔って足を踏み外したと思うからよう」

「そいつは、何とかして逃げようとしたんだな」

「だろうな。だがよう、酔っ払って体はふらふらだ。無駄なあがきってやつよ」

探索を見つかり、無理矢理口から酒を流し込まれ、それでも逃げんとして、上水辺を必死で駆けたが、足は思うように動かず、遂には上水へ落されてしまう一人の男――。

佐吉の脳裏に、そんな忠次郎の哀れな姿が浮かんできた。

――何と酷《ひど》い奴らだ。

それを自分は、たまさかの事故ではなかったのかと、一度はそのように喜六に報告した。

――やはりおれは甘口だ。

佐吉は、とにかくこの女中を殺してはいけないと、智恵を巡らせるうちに、哲五郎が蔵に現れた。

「ご苦労だな。この女中か……」

蔵へ入るや、哲五郎は与兵衛と佐吉を見て忌々《いまいま》しそうに言った。

「へい。旦那が何か隠しているのを見て気になったと言うのですがね」

「そいつを、そっと確かめようとするのがいけねえや」

「へい、まったくで」

「そんなら、佐吉、お前の力をおれに見せてくんな」

哲五郎は、やはり佐吉に殺すように示唆《しさ》した。

「承知しました。楽に死なせてやりますぜ」

佐吉は、女中に活《かつ》を入れて起き上がらせると、

「お前に恨みはねえが、渡世の義理だ。死んでもらうぜ」

と、低い声で言った。

「あ、ああ、助けて……」

逃れんとする女中を、佐吉は蔵の扉の方へと突きとばした。

「観念しやがれ……」

そして、匕首を抜くと、じりじりと近寄り、さっと扉を開けて、

「一緒に来い！」

と、外へ飛び出した。

不意を衝《つ》かれて、哲五郎も与兵衛も、思わず為《な》すがままにしてしまったが、

「野郎！　待ちやがれ！」

「佐吉！　手前裏切りやがったか！」

慌《あわ》てて、若い衆を引き連れてあとを追った。

佐吉は裏木戸を目指し女を連れて駆けたが、あと一歩のところで青柳一家の連中に囲まれてしまった。

哲五郎は、怒りの形相《ぎょうそう》で、

「手前、仏心《ほとけごころ》を出しやがったか」

と、佐吉を詰《なじ》れば、与兵衛も、

「佐吉、今からでも遅くはねえぞ。その女をお前の手で殺すんだ……」

と、迫った。

「ふん。元締もお前も、悪さはしても好い男だと思ったが、見損《そこな》ったぜ。欲得のためなら女も平気で殺すたあ、本当の男じゃあねえや。許せねえ……」

「許せねえ？　ふん、この期《ご》に及んで何をぬかしやがる。こっちこそお前の本性が知れてよかったぜ。こいつら二人共、殺っちめえな……！」

「やかましいやい！　とんだところでぼろを出しやがったぜ」

佐吉はニヤリと笑って、隠し持った呼び笛を取り出すと、ここぞと吹いた。

「て、手前……」

「だから言ったろ。おれは御用聞きの家にごろごろしていたとよう。その縁は今も切れていねえのさ」

「野郎！」

乾分の一人がかかるのを、佐吉は匕首で牽制《けんせい》して、

「おれに構う前に、逃げた方が好いんじゃあねえかい？」

と、不敵な表情で言った。

我ながら、よく落ち着いていられるものだと、嬉しくなってきた。

今日は何かあると思って、哲五郎の家から〝小池屋〟にくるまでの間に、合図となる両腕を上げて伸びを何度もしてみせた佐吉であった。

自分が〝小池屋〟から出ないとわかれば、その周囲に密かに春野風太郎配下の者達を、変装させた上で潜ませているはずであった。

すぐに呼び笛に呼応する笛の音が外から聞こえてきた。

すると、裏木戸を外から蹴破って、喜六、加助が飛び込んできた。

「佐吉！　無事か！」

そうして二人は、十手を振り回して、乾分達を追い立てると、さらに塀の上からも捕手が舞い降り、木戸からは浪人姿の春野風太郎が竹造を従え入って来た。

風太郎は有無を言わさず、刃引きの刀で乾分共を打ち据え、逃れんとする哲五郎を足払いで押さえた。

この時与兵衛は、喜六と加助によって鉤縄《かぎなわ》で搦《から》められていたのである。

七

止《とど》めは、風太郎達に呼応した臨時廻り同心・野川兵衛が表から〝小池屋〟へ踏み入り、台所の数か所から禁制品を押収し、主人・富美蔵を捕えた。

前回は、わざとしくじるのろまな同心を演じさせられただけに、気分上々で出役を務めたものだ。

この先は、禁制品がいかにして流れてきているのか、詮議が進むこととなる。

旗本・江田外記の関与も、やがて目付《めつけ》を通じて取り調べられるであろう。

青柳の哲五郎と富美蔵との関わりも、すぐにわかるはずだ。

佐吉は、捕えられた与兵衛が気になったが、喜六は佐吉が後ろ髪を引かれぬようにと考えたのであろう。与兵衛の腹を十手で突いて声が出ないようにすると、

「さあ、立ちませい」

たちまち佐吉の目の先から、与兵衛を連れ去ったのだ。

その後、与兵衛がどうなったか、佐吉にはわからなかった。

「そんなことは知らなくて好いさ。思えば奴のお蔭《かげ》で佐吉が上手く潜り込めたんだ。死罪にはしねえで、せめて島送りですませてやりてえところだな」

笠屋に戻った佐吉に、春野風太郎はそんな風に声をかけてやった。

「いえ、そんな気を遣ってくださらずとも、御上の気のすむように裁いてやってくだせえ。奴は忠次郎さんを殺しているんですから……」

佐吉は風太郎のやさしさに胸が熱くなったが、忠次郎のことを思うと、与兵衛が許せなかった。

こうして思いもかけぬ展開で捕物は終りを告げた。

数日経って、少しずつ調べが進んで、

「小池屋富美蔵ってえのは、青柳一家の先代の弟分だったそうだな。哲五郎は跡目を継ぐに当っては富美蔵の後押しを受けたそうだ。それからというもの、頭の好いのと腕っ節が強いのとで、持ちつ持たれつやってきたらしいぜ」

喜六から、そんな事実も聞かされたが、佐吉にとっては、もはやどうでもいいことであった。

佐吉は落ち着かなかった。

気の張る潜入をしていたのだ。興奮はなかなか収まるまい。

「佐吉、お前には当分店番をしてもらうぜ。店を閉めたら、ちょいと遊んでこい」

喜六は佐吉を労い、小遣いをたっぷり渡すと、

「お前も色々と迷っただろうが、今度のことはお手柄だったな。おれも鼻が高えや」

しばらくは遊んでいろと、加助を連れて御用の筋に出かけていった。

確かに手柄を立てたかもしれないが、潜入をしていたことは秘事であり、おおっぴらに誇れるものではない。

「密偵の仕事ってえのは、ごく内々にやり遂げたことを祝って、手前で喜びを嚙み締める寂しいものさ」

喜六は日頃からそう言っているし、それが下っ引きを務める者の気障《きざ》な誇りであるのも、佐吉にはよくわかっている。

しかし、どうも気分は晴れなかった。

まだ二十歳の佐吉には、人の世の無情に想いを馳せ、これを憂う純真があった。

与兵衛と自分の違いは、いったい何なのであろう。

同じように暴れ廻り、喧嘩自慢で過してきた。

佐吉が喜六の許に転がり込んだのと同じように、与兵衛は哲五郎の許に転がり込んだ。

佐吉が日々御上の御用を聞いている喜六の下で、あれこれ手先となって町を駆け廻るのと同じく、与兵衛は哲五郎から言われた用をこなしていたに過ぎない。

与兵衛は非道に手を染めたかもしれないが、佐吉より多くの町の者達に幸せを与えていたかもしれないではないか。

そして自分は今、お手柄と称《たた》えられ、与兵衛は重罰に処せられる。

与兵衛が佐吉を受け入れたのは、非情な渡世を生きてきた与兵衛の、ただひとつの真心が、佐吉との思い出であったからかもしれない。

——おれはそれを踏みにじった。与兵衛は罰せられるべき男だが、人の真心を踏みにじったのは同じだ。

佐吉はどうもすっきりしないのである。

春野風太郎には、佐吉の心中が手に取るようにわかる。

しかし、この度はそれについて、助言を与えるわけでもなく、ただ、そっと笠屋の表から佐吉の憂い顔を眺めるに止めていた。

「旦那、佐吉に何か言ってやってくださいまし。奴はこのところ、ずうっと浮かねえ顔をしておりやすよ」

喜六は救いを請うたが、風太郎はにこやかに頭を振って、

「浮かねえ顔だなんて、とんでもねえや。見ろよ、好い顔をしているじゃあねえか」

「そうですかねえ」

「あの顔は、世の中ってものを手前なりに呑み込もうとする時のものさ。お前もあんな顔をしていた頃があっただろう」

「へい。まあ、そういえば……」

「そうだろう。おれは何のために生まれてきて、どこへ向かっているのだろう……なんて、今思えばどうでも好いことに悩んでいた頃がよう……。おれは、そんな若え奴の顔を、眺めているのが好きなのさ」

風太郎は、実に楽しそうな表情を浮かべながら、また新たな捕物を求めて見廻りを続ける。

――うちの旦那は、ほんに人間がお好きだなあ。

喜六はそう思うと、彼もまた楽しくなってきた。

夏も盛りとなったが、この男といると、いつも涼しい風が吹くのだ。

第四章　宿　敵

一

朝から江戸の町には涼風が出ていた。

南町奉行所定町廻り同心・春野風太郎は非番で、

「涼しいのは勤めの日の方が好いってもんだが、まあ、これも悪かあねえか……」

と、昼まで組屋敷でごろごろとしていたのだが、どこから非番と聞きつけたか、日本橋の芸妓・お松から呼び出しがかかった。

仕込みっ子に頼んで、結び文を届けてきたのだ。

話したいことがあるので、何卒、数寄屋町の料理屋まで来てもらいたいという。

「何が来てもらいてえだ……」

料理屋へ芸者に会いに行けば、あれこれ物入りだし、

「こうして誘えば、きっと来ると思っているところが癪《しゃく》だぜ」

風太郎は、ぶつぶつとぼやきながらも、名妓で知られ、世の男達はおいそれと会えないお松からの誘いである。

このところ、座敷へ呼ぶと言いながら果していないので、非番の一日の締め括りを、お松と差し向かいで一杯やるのも好いだろうと、日暮れてから数寄屋町へ足を運んだ。

「旦那……、来てくださらないかと案じておりました」

座敷で会うや、お松は上目遣《うわめづか》いに少し睨《にら》むような目を向けてきた。

「心にもねえことを言うんじゃあねえよ。癪だから言っておくが、そわそわとして来たわけじゃあねえからな」

風太郎は軽く受け流して席に着くと、

「話したいことがあるんだろ。まずそれを聞こうじゃあねえか」

と、真顔を向けた。

「嫌ですよう。会っていきなりお取り調べですか？」

お松は、ふくれっ面となった。

睨んでみても、ふくれてみても、お松は今、自分がどのように相手に映ってい
るか、鏡を見ているようにわかる。

どの表情をしてみても、男の目から見て、愛らしいのは見事だ。

しかも、そういうお松の特技がわかっていても、

「何だこの女は、七化《ななば》けかよ……」

などと、不快にさせられないところが、お松の人気の所以《ゆえん》であろう。

「昨日のお客が、やたらと旦那の噂をするものだから、つい会いたくなったって
わけですよ……」

「おれの噂を？　いってえ誰だい？」

「ほら、知りたいでしょう？」

「そう言われたら気になるじゃあねえか」

「旅のお人ですよ」

「旅の男が、おれの噂を？　そいつは解《げ》せねえな」

「江戸にいた時に、何度かお見かけしたそうです」

「いつと、いつだ？」

「ほら、気になるでしょう？」

「気になる」

「そんなら一杯注いでやっておくんなさいまし」

お松は悪戯《いたずら》っぽい目を向けた。

「仕方がねえな……」

「ちょいと変わった人でしたから、これは旦那にお伝えしておいた方が好いと思いましてね。あたしも他のお座敷を断って、ここに来ているんですよう」

お座敷に芸者を呼ぶ時は、二組が主だが、今日はお松も商売抜きということらしく、衣裳も化粧も控えめにして、ただ一人で数寄屋町の行きつけの料理屋に来ていた。

こういう話をする時でないと、熱をあげている春野風太郎は、なかなか差しつ差されつで会ってはくれない。

ここぞと誘いをかけたのだ。

お松の魂胆《こんたん》はわかっている。そこをすかして、ちょっとばかりからかってやろうと思った風太郎であったが、旅の男が売妓芸者《うれつこ》相手に、わざわざ八丁堀同心についてて語るとは、相当な物好きである。

「何やらうさんくせえ奴だ。お松、お前も初めての客だったんだな」

「はい。上方から参られた、なかなかのお大尽《だいじん》でした」

「お前を呼ぶには、それなりに金をばらまいたんだろうな」

「そうなんでしょうねえ。ありがたいことです」

「おれを何度か見かけたというのは？」

「まだ旦那が見習いくらいの折に一度。五年くらい前に一度。その他にも、すれ違ったことがあったとか」

「向こうがおれを見かけただけなのか」

「さあ、それはどうなのでしょう。旦那と話したとは言っていませんでしたが」

「名は？」

「三之助《さんのすけ》さんと……」

「三之助……」

その名に覚えはなかった。

自分は知らないが、相手は自分を知っている。

定町廻《じょうまちまわ》り同心には、当り前のようにあることだが、わざわざ旅で江戸へ来て、芸者相手にする話ではなかろう。

「おれを腐《くさ》していたか」

「とんでもない。若い時から大したお人だったと。それで名を覚えたが、江戸に来る度に颯爽《さつそう》としたお姿をお見かけして、憎いお人だなあと……」

「憎いお人だと？」

「旦那の男振りが好いから、ちょいと妬《や》けるんでしょうねえ」

「そうかい……」

風太郎はにこりともしなかった。

上方から来た客に付いてみれば、思いもかけず春野風太郎の話を始めたので、お松としては嬉しくなって、風太郎に伝えたくて仕方がなかったのであろう。

しかし、聞けば聞くほど妙な客である。

風太郎の目が、のほほんとした洒脱な八丁堀のもて男のものから、敏腕同心のそれに変わっていくのを見ると、

――もしかして、あのお客はとんでもない賊徒《ぞくと》のお頭であったとか。

お松もそんな風に思えてきて、喋り方や仕草にも緊張が漂ってきた。

それと同時に、

――わたしは春の旦那と、謎めいた一件を共にしている。

そんな想いが込みあげてきて、少しばかりわくわくしてきた。

「で、三之助はどんな奴だ」

「そうですねえ……。旦那みたいに、ちょっとばかりふっくらとした顔立ちで、目は切れ長で、たまに鋭くなって……。やたらと頷いてみせるのが癖のようで」

そこは名妓と言われるだけあって、お松の人物観察はなかなか的を射たもので、わかり易かった。

三之助は、春野風太郎のような切れ者の同心は、まず上方にはいない。

ああいう旦那は、周りの者を次々と自分の味方にしていって、悪い奴らをいっしか追い詰める——。そんなお働きをするのでしょうねえと、感じ入って、

「もう一度、お目にかかってみたいものです……」

と、話を締め括ったという。

「他に何か話したかい？」

「いえ、あとは旅の珍しいお話とかを聞かせてくださいましてね。二刻《ふたとき》（およそ四時間）ばかりでお開きにして、お宿に戻られました」

「宿はどこか訊いたかい」

「そんなこと、訊くわけないじゃあありませんか。旦那だったら、訊いて押しか

けてしまいますけどねえ」

お松はこんな時でも、さらりと色気を入れてくる。

「そいつは嬉しいねえ。お松……」

「あい……」

「せっかくの差し向かいだが、おれはその三之助のことが気になって、お前との話に身が入らねえ。ゆっくり一杯やるのは、日延べさせてくんな」

「そんな……」

お松は眉をひそめた。

「話に身が入らなくても好いから、そこにしばらく座っていてくださいまし」

「それじゃあ、おれがつまらねえ。だがお松、好い話を聞かせてくれたぜ。こいつはひとつ借りておくよ。勘定はおれに廻しといてくんな」

風太郎は、にこりと笑ってお松の肩に手をやると、すぐに料理屋を後にしたのであった。

「まったく、つれない旦那だねえ……」

お松は、大きな溜息をついたが、三之助という客はいったい何者であったのかという疑問と、

——これで春の旦那と、少し深い仲になれたような。

というときめきが体中を駆け巡り、艶《あで》やかな笑みをただ一人で浮かべていた。

二

料理屋を出た春野風太郎は、真っ直ぐに組屋敷へ戻った。

「旦那様、早いお戻りで……」

小者の竹造が苦笑いで風太郎を迎えた。

竹造には、今日の外出についてはすべて伝えてあった。

「店の者を遣《つか》わせてくだされば、お迎えにあがりましたのに……」

お松とはそれなりの間合を取り続ける風太郎をよく知るだけに、竹造は風太郎の意地の張り方が頰笑ましく、あっさり引き上げたとすれば、お松が少しかわいそうに思えたのである。

「それがな、お松と一杯やっているどころではなかったのさ」

「と、申されますと……」

「どうやら、たまゆらの六《ろく》之《の》助《すけ》が、江戸にいるらしい」

「何ですって……」

「野郎、それをわざわざおれに知らせようとしたらしい」

「旦那に知らせる……？」

「お松の口から、おれに伝わるようにと考えたようだな」

風太郎は自室で、若党・大庭仙十郎が淹《い》れた茶を啜《すす》りながら、先ほどまでのお松とのやり取りを語り聞かせながら、自分の頭の中を整理した。

竹造は、目を丸くしながら、

「では、その三之助という上方下りの客が、たまゆらの六之助だと？」

「そうに違えねえ」

「何と小癪《こしゃく》な……。捕えられるものなら捕えてみやがれ……。そう言いてえんでしょうか」

「六之助とは何度もやり合ってきたから、そろそろ決着をつけてやろうってところかもしれねえ」

「血迷ったとしか言いようがありません」

「ちょいとおもしろくなってきた……。そう思うことにするぜ」

風太郎は、大きく息を吐きながら、竹造と仙十郎を見て、ゆっくりと頷いた。

たまゆらの六之助――。

女一人を引き込みに使う他は、すべて一人で盗みを働く泥棒名人の通り名である。

そして、何年もの間、風太郎の心の中をかき乱す、宿敵のごとき存在であった。

六之助との最初の遭遇は、十年前であった。

まだ、父・雷蔵が存命の折で、気楽な見習いであった風太郎は、そういう盗人がいることは聞き及んでいた。

一人働きであるから、千両箱を抱えて走り去るような派手な盗みは出来ない。

しかし、彼が一旦目をつけると、その相手の蔵は必ず破られ、五百両くらいの金や宝物が盗み出される。

その際、人が殺されることはない。

引き込みに使っていた女も、結局、誰がそうであったか、わからぬままに終ってしまうことが多い。

それらしき女がいなくなってから、

「やはりあの時、あの女中が引き込みを働いていたに違いない」

と気付くことがあり、そこで初めて六之助が送り込んでいたと知れるのだ。

そんな泥棒名人であるから、その姿を見た者はほとんどいなかった。密偵達の調べによって、盗人仲間から〝たまゆらの六之助〟と呼ばれている者がいて、きっとそ奴の仕業《しわざ》だと密かに囁かれるようになった。

とはいえ、まだ見習いの風太郎は、六之助と自分が対決するなど、思ってもみなかったのだが、やがてこの有名な盗人をあと一歩というところまで追い詰めることになる。

見習いとして父・雷蔵に付いて市中見廻りに出かけていた風太郎は、

「お前は、もっと見廻るがよい」

雷蔵に言われて、勤めが終ってからも一人で方々町を巡ったものだ。

——跡を継げば、嫌でも毎日同じようなところを歩くのだから、今のうちからそんなに歩かなくても好いってもんだ。

とはいえ、まだ若い風太郎は、それくらいにしか町廻りの意義を捉えていなかったので、こんな時は父の言い付けに従っているように見せて、道中にある水茶屋や切見世《きりみせ》などを冷やかして歩くのを常とした。

それはそれで、町の暗部にも触れられるので、将来身になると勝手に考えて、悦《えつ》に入《い》っていたのだ。

その日は、人形町《にんぎようちよう》辺りをぶらぶらしてみようと道行くと、江戸橋を渡った辺りで、一人の男が目に付いた。

今思っても、何故目に付いたのかよくわからない。

どこにでもいる職人風で、自分と同じ背恰好、歳は少し男の方が上であろうか。涼しげな顔をして、人の邪魔にならぬように、気を遣いながら歩く姿には、えも言われぬ愛敬があった。

自分と似たところのある男だと思ったからであろうか。

一旦気になると、じっくり見たくなるのが風太郎の癖で、それはこの頃から変わっていない。

つまり風太郎は、どんな時でも人間を見ているのが好きなのだ。

しかし、見習いとはいえ、町方同心がじっと見ていては心地が悪かろう。そっと眺めていると、風太郎はますます男のことが気になり始めた。

通行人の邪魔にならぬよう、控え目な態度で道行く男の姿に、

——ただならぬ物腰。

を感じたのだ。

控え目な態度というより、油断ならぬ術が身に備っているような気がしたので

ある。

まだ二十三歳の風太郎であったが、この時既に人を見る目には、天性の勘が備っていたといえる。

どこにでもいる職人ではない。

裏道を生きる玄人《くろうと》の臭いがある。

風太郎は、羽織を脱いで肩に担ぐと、背に差していた十手を懐に呑んだ。

これもまた見習いの修業のうちだ。ここからは、しっかりとあとをつけてやろうと決めたのだ。

そして、この決断が見廻りの成果となった。

この職人風の男こそが〝たまゆらの六之助〟であったのだ。

日頃から何ごとにも用心深い六之助が、この風太郎の尾行に気付かなかった。

風太郎が、定町廻り同心としての才を、生まれながらに身に付けていたと言えるが、まだ若く邪気のない素直な行動に、六之助も反応が鈍ったのかもしれない。

何がさて、風太郎は直感から大盗人との邂逅《かいこう》を果した。

そっと様子を窺うにつれ、相手の正体がとんでもない賊に思われてきた。

夜は更に深くなり、人通りも次第に減ってきた。

風太郎は気取《けど》られぬよう注意をして、尾行を続けたが、

「相手に気付かれぬよう、などと思ったら、もうその時には気付かれているものだ。あれこれ考えるな。子供の頃の遊びのように道を行け。そうすれば相手は、その無邪気さに騙されるであろう」

という、父・雷蔵の言葉を思い出し、鬼ごっこをしている時のような気持ちで、見失わぬよう先を進んだ。

すると、六之助は日本橋本町《ほんちょう》の薬種問屋が建ち並ぶ一角へ向かった。

風太郎は間を保ちながら様子を見た。

六之助は、〝美濃屋〟という薬種問屋の裏手へと消えた。

風太郎は一旦やり過ごしてから〝美濃屋〟裏手の木戸と、路地を挟んで建つ商家へ向かい、御用の筋であると伝えて中へと入った。

そうしてその店の裏木戸の隙間から、六之助の様子を窺うと、六之助は〝美濃屋〟の裏木戸の前で、懐から取り出した石を宙へ投げて、それをまた手で受けた。

——塀の向こうにいる誰かに合図を送ったのかもしれない。

風太郎は、怪しみながらさらに様子を見た。

何ごとも起こらなかった。

六之助の表情に初めて険が立ったように、夜目に映った。

六之助は一旦、裏木戸から立ち去った後、やや経ってから再び前へやって来て、件《くだん》の石投げをした。

やはり何ごとも起こらない。少し離れた日本橋の通りから、かすかに人の通行の物音が聞こえてくるだけで、辺りは静寂に包まれている。

もう、どの商家も就寝の時分を迎えていたが、〝美濃屋〟の消灯はどこよりも早かった。

六之助の苛立ちは募っているように思えた。

彼は、その場をすぐに立ち去るべきであったが、一瞬それをためらい、裏木戸の前で立ち竦《すく》んだ。

風太郎はここに至って、六之助が何かを企んでいると確信して、裏手の商家の木戸からさっと外へ出た。

「おい、お前、こんな時分に〝美濃屋〟へ何か用があるのかい」

裏木戸と裏木戸の距離は、十間《けん》（約一八メートル）以上あった。

遮二無二《しゃにむに》駆け寄って、有無を言わさず引っ立てればよかったのだが、若い風太郎はつい恰好をつけてしまった。

自分の勘が当りそうな予感に、思わず興奮してしまい、気を落ち着かせるために、少し間を取りたかったこともあった。

この時、六之助は実ににこやかに、

「こいつは旦那……」

堂々たる態度で、風太郎を真っ直ぐに見て頭を下げた。

この動作が、風太郎の出足を鈍らせた。

ここでまた恰好をつけて、相手に気の利いた言葉のひとつもかけたくなったのだ。

話しつつ傍へ寄ろうとしたが、六之助はその間を逃さず、脱兎《だっと》のごとく駆け出した。

「おい、待て！」

風太郎は追いかけたが、六之助は韋駄天《いだてん》走りで、脚力には覚えのある風太郎を寄せつけない。

六之助は、巧みに裏路地をすり抜けて逃走をはかったが、驚いたことに、いきなり路地の向こうから、

「待ちやがれ！」

と、丸形十手をかざした御用聞きが立ちはだかった。

六之助はその横をすり抜けんとしたが、御用聞きは逃がさぬとばかり十手を振り下ろした。

しかし、十手は空しく空を切り、彼はその場にくずおれた。

六之助が、咄嗟《とつさ》に懐に呑んでいた匕首を抜いて、すれ違いざまに御用聞きの腹を斬っていたのだ。

「おい！　しっかりしろ！」

風太郎は放っておけずに、それへ駆け寄ったが、

「や、奴を……、六之助を……」

御用聞きは、風太郎にそう告げた。

風太郎は再び六之助の姿を目で追ったが、その時には、賊の姿はすっかりと闇の中に消えていた。

そして、御用聞きを再び抱き起こしたものの、彼は既にこと切れていたのであった。

三

死んだ御用聞きは、利兵衛《りへえ》といった。

盗人の動きに精通していて、密偵、手先の中では、唯一〝たまゆらの六之助〟の姿を見ていた男であった。

とはいえ、利兵衛も六之助が盗み働きをするところに遭遇したことはなく、後になって思うと、

――奴が六之助だったのか。

と気付いたのである。

以後、たまゆらの六之助の盗みの特徴を調べあげ、執念の探索を続けていたのだが、この日、思うところがあって、〝美濃屋〟を張っていたらしい。

ただ一人で向かったのは、六之助相手に手先の者達を下手に動員すると、たちまち気付かれてしまうと考えたからであろう。

利兵衛は常々、六之助については、

「奴が盗み終えて出てきたところをお縄にするのが何よりだ」

と、周囲の者達には話していたという。

一人働きゆえ、せいぜい五百両を盗み出すのがよいところだが、それにしても、なかなかずしりとくる荷である。

運び出した安堵に加えて、金の重みで、六之助の動きも鈍るはずだ。

そこでせめて、足に怪我を負わせてやれば、その場は取り逃がしても、すぐに捕えることが出来るはずだ。

その狙いは正しかった。

どこよりも消灯の早い店を狙うのが六之助の手口である。

そこから、六之助が今まで狙ったことがない地域の店がないか調べたところ、〝美濃屋〟が浮かんできたのであろうか。

この日、〝美濃屋〟を張り込むとは、誰にも告げていなかったようだ。

六之助を捕えてやろうという者は多い。

うっかり漏らせば、利兵衛の先を越してやると考える、不埒《ふらち》な者も出てくるかもしれない。

それゆえ、六之助捕縛に燃える利兵衛は、ただ一人でそっと六之助の姿を求めたのだ。

ところが、六之助はどういうわけか〝美濃屋〟へ忍び込まずに、外を行き来した。

さらに、同時に春野風太郎という同心見習いの若者が、見廻りの中に六之助を見て怪しみ、裏木戸の前にいた六之助に訊問した。

六之助は、隙を衝いて逃げた。

利兵衛は頭に描いていた段取りが狂い、六之助を先廻りして押さえてやろうと駆けて、見事に行手に立ち塞《ふさ》がった。

しかし、六之助は利兵衛の出現に日頃の落ち着きを失い、十手の攻撃をかわした時、匕首で利兵衛の胴を払っていた。

利兵衛は、深手を負いながら、

「や、奴を……、六之助を……」

と、六之助の名を告げた。

自分が死んでも、六之助の姿を見た同心に後を託さんと考えたのであろう。

それによって、風太郎は逃がした賊が〝たまゆらの六之助〟であったと知ったのである。

風太郎は、己が行動を恥じた。

自分が一瞬、捕縛をためらったがために、利兵衛は殺され、六之助を逃がしてしまったのである。

利兵衛には、まだ十にもならない彦太郎《ひこたろう》という息子がいた。

その責めを一人で背負い込んだのだ。

父・雷蔵は、叱らなかった。

「お前はよくやった。見廻りの中に怪しい者を見かけて、そ奴が店へ忍び込むのを防いだのだから、大したものだ。利兵衛は哀れではあるが、六之助と向かい合いながら捕り押さえられなんだのは、あ奴のしくじりでもある。利兵衛の無念を忘れずに、いつかお前が奴に代わって六之助を捕えてやればよいのだ」

そう言って、雷蔵自身も、

「お前よりも、これまで捕まえられなんだおれが恥じねばならぬことだ」

と、探索に本腰を入れた。

いつか、息子に捕えさせてやろうと思ったのであろうが、それは果せぬまま、雷蔵は亡くなった。

父親の死に戸惑いながら、定町廻りの役儀を継いだ風太郎であったが、この時の経験が彼を随分と成長させた。

残された利兵衛の妻子にも、

「きっと仇《かたき》は取ってみせる……」

と誓い、たまゆらの六之助捕縛へ、全力を尽くした。

風太郎の努力と、著しい成長をみせる彼の同心としての実力を恐れたか、それから六之助は江戸に現れなかった。

利兵衛亡き後、六之助の顔を唯一人知る町方となった風太郎は、江戸に網を張り巡らせて、いつか現れた時は必ず捕えてやると手ぐすね引き、その五年後に、再び江戸に現れた六之助と対決した。

深夜に忍び込むのが盗人の常道であるが、その時分に町を歩くと怪しまれるので、六之助は消灯就寝間近の頃合に町へ出て、商家の灯が消えたと思うと忍び入る。そうして、しばし物陰に潜み、寝静まるのを待って盗み働きをして逃げ去るのを手口としていた。

逃げた後も、七つ立ちで旅に出る職人や行商に身を変えて、怪しまれることなく姿を消すのが身上であった。

五年の間、姿を見せなかった六之助は、もはやほとぼりも冷めたと、江戸に紛れ込んできた。

これを突き止めるのは、容易《たやす》いことではない。ただただ夜の見廻りを強化するしかないのだが、六之助一人に人数を割《さ》いてはいられない。

各商家に、六之助の手口などを知らせ、注意喚起をするくらいしか出来ない。盗賊一味となれば、人数もいるので、そのどこかから綻《ほころ》びが生じるものだし、目立ち易い。

しかし、六之助は凄腕の一人働きであるから、江戸へ入られると奉行所としても、実に捕えづらい。

盗まれる金も、五百両くらいが上限とくれば、

「それくらいなら、己の力で守ればよいし、いざとなったらくれてやればよいのだ。大店《おおだな》にとっては、どうというほどのものではなかろう……」

奉行所の内でも、そんな声が出始める。

御用聞きが一人殺されているのだから、

「草の根分けても捜し出せ！」

というところなのだが、何年も経ち姿を見せないとなれば、六之助も江戸での仕事は諦めたのであろうと楽観する者も出てくる。

与力、同心が殺されたのならともかく、御用聞きなどという者は、本来奉行所が認めている役人ではないのだ。利兵衛に手札《てふだ》を与えていた同心も、代替りとなっていて、

「春野、お前もいつまでも利兵衛の仇を討ってやると、しゃかりきになるでないぞ。ただでさえ御用繁多ゆえにのう」

などと、宥《なだ》められたりもするようになった。

風太郎もそれは重々承知していた。

彼の手の内では、六之助の江戸入りを阻むことなど、到底出来ることではないのだ。

そこで風太郎は、六之助という男をじっくりと考察した。

六之助は利兵衛を殺害したゆえ、凶悪な盗人と捉えられているが、初めて見た時の印象を辿ると、

「盗みをすれど非道《ひどう》はせぬ」

を、信条としている男に思えた。

付合いがあったわけでもないし、一言言葉を交わしただけであったのだが、

——どこか自分に似ている。

そんな想いがしたゆえに、あとをつけたくなったのが、あの一件の発端であった。

つまり、六之助は情に動かされて、時に危ない橋も渡る、そういう男であるような気がしたのである。

そこで彼の身辺をじっくりと調べると、六之助には内縁の女房がいたという噂が聞こえてきた。

六之助は一人働きの盗人であるが、盗人の道に入った時は、〝白浪《しらなみ》一家〟という盗賊一味に身を寄せていたらしい。

御用聞きの利兵衛は、ここに出入りしていたかつての盗人を手先に引き込み、その流れで六之助の姿を見ていたのだ。

だが、その頃は盗人一味の使いっ走りのような存在で、捕えるまでもなかった。

いつしか見なくなったので、一家から見放され、消えてしまったのだろう、それくらいにしか思っていなかった。

結局〝白浪一家〟は頭目が捕縛され、主だった者達も共に捕えられ、壊滅したので、六之助についても忘れられていた。

それがいつしか一人働きの大盗となったようで、利兵衛もあの時、もう少し身を入れて当っておけばよかったと悔やんだ。

彼はそこから、六之助のさらなる探索に没頭したわけだが、風太郎が彼の調べを見直すと、

「六之助には、何人もの情婦がいたが、深川《ふかがわ》の酌取り女には、心を許していたようだ」

という事実を摑んでいたと知れた。

この女にたっぷりと金を渡していたゆえ、まず食うに困りはしまいと思ったか、盗人に妻は不要と考えたか、六之助は女と別れて暮らしていた。

女には娘がいた。おそらく六之助の子供であろう。時折はそっと会いに行っていたかもしれない。しかし〝美濃屋〟の一件以来、江戸を離れたので会えなくなっていたはずだ。

この母娘を見張っていれば、六之助は盗みをするより前に会いに来るに違いない。

風太郎はそれを見越して、そっと母娘の周りに目を光らせていた。

女は草団子屋を洲崎《すざき》で商っていた。

浜の片隅にある小さな店で、母娘はひっそりと暮らしていた。

風太郎は、六之助に妻子がいると知ってからも、取り調べは行わなかった。

盗人の妻子とはいえ、内縁であり、そっとしておいてやりたかった。

それに、女子供を感知していないと思わせておく方が、六之助をおびき出し易いと考えたのだ。

すると、草団子屋を何者かが訪ねているとの知らせが入った。

これぞ、成長した娘の顔を見に来た六之助に違いない。

風太郎は勇躍、微行で草団子屋へ出向いた。

この日が来るのを見越して、風太郎はこれまで一度も母娘の前に姿を現していなかった。

草団子屋の店先に、茶も飲めるよう縁台が置かれている。

風太郎は、それへ腰かけ茶と団子を所望《しよもう》したが、運んできたのは六之助の情婦ではない少女だった。

風太郎は六之助のおとないを確信した。

耳を澄ますと、男の声がした。

「こいつは旦那……」

あの日、〝美濃屋〟の裏木戸前で聞いた六之助の声が蘇ってきた。

風太郎は、頃合を見て奥へ踏み込まんとして、何度も顎をさすってみせた。

遠くに控える喜六達手先へ、客を装い店へ集結するようにとの合図であった。

喜六と小者の竹造が、店へやって来た。

ところが、いざ踏み込もうかと間合を計っている間に、店の奥が静かになった。

不審に思いつつ、喜六と竹造を裏手へ配し、

「ちょいとごめんよ……」

風太郎が土間の向こうの座敷を、衝立《ついたて》越しに覗くと、男の姿はなかった。

慌てて店の外へ出て辺りを見廻すと、洲崎の海に一艘の釣舟が浮かんでいた。

六之助が危険を察知し、密かに店を出て、自ら艪《ろ》を取って海に漕ぎ出したのだ。

しかも六之助は、舟の上から風太郎に会釈をして、

「この度も痛み分けでございましたね！」

と、声をかけてきた。

まんまと江戸へ入ったが、会いたい者とろくに話も出来ぬままに退散しなければならないのは自分の負け。

しかし、こうして取り逃がしたのは、風太郎の負け。

ゆえに痛み分けと言いたいのであろう。

「今度会う時は、きっとお縄にしてやるぜ」

風太郎は、ニヤリと笑って応えた。

わざわざ言葉を残して去って行くところに、六之助の稚気《ちき》と、盗人としての矜持《きょうじ》を覚えた。

六之助はにっこりと頬笑んで、深々と風太郎に頭を下げてから、巧みに艪を捌《さば》きながら沖へと消えていった。

喜六と竹造は、風太郎の横で呆然として海を見つめていた。

「奴は、利兵衛を殺しちまったことを悔やんでいるんだろうな……」

風太郎はぽつりと呟いた。

六之助が頭を下げたのは、店の母娘に罪咎《つみとが》が及ばぬようにしてやってもらいたいとの、想いを込めたのであろう。

風太郎にも、そのような気はない。

妻子があるとの噂は今日のことでそれと知れたが、この母娘がそうであるという確証はない。

捕えて取り調べるまでもあるまい。六之助はこの先一生、母娘の前に現れはしないであろう。

生涯の別れを、舟の上で噛み締めているに違いない。

風太郎は、いつかまた六之助と対決する日もくるであろうと、気を引き締めた。

そして、草団子屋の母娘には、

「あの客が、もしまた顔を見せることがあったら、御上に届け出てくんな。お前ら母娘にとっちゃあ好い客かもしれねえが、ちょいと訳有りでよう」

そう伝えて、他には何も問わずに立ち去ったのであった。

母娘の縋るような目が、風太郎の心に沁みた。

盗人とはいえ、自分が情を交わした相手を気遣い、慈しむ心を持ち合わせている。

それに免じて、六之助はこの店の草団子が好物の客、として扱ってやったのである。

それから五年。

どうやら六之助は、再び江戸へ紛れ込み、お松を座敷に呼んで、風太郎に己が健在ぶりを伝えたのである。

真に大胆不敵といえるが、風太郎は不思議と胸が躍っていた。

懐かしい友に再会出来る。そんな気持ちにさせられるのである。

四

六之助の挑戦を受けた形の春野風太郎であったが、彼はなかなか姿を現さなかった。

お松が呼ばれた座敷の周辺を、ひとまず当ってみたが、六之助は何ひとつ痕跡を残していなかった。

上方筋の贔屓《ひいき》の客の名を出し、あたかも親しげに振舞い料理茶屋に席を取り、祝儀を弾んでお松を呼んだらしい。

ひとまず商家という商家に注意を促し、草団子屋には、加助と佐吉が詰めて警戒に当ったが、六之助が訪ねてくる気配《けわい》はなかった。

用心深く、容易く捕えられはしない六之助である。

風太郎は、何かが起こるのを待つしか他に六之助と遭遇する手立てはなかった。

ゆったりと構えているつもりの風太郎であるが、何か行動を起こさねば間がもたない。

見廻りの中に葭町《よしちょう》に足を運んだ。

近頃この辺りをうろついているという、若い衆の姿を求めてのことだ。

若い衆は、彦太郎《ひこたろう》という。六之助に殺害された御用聞き・利兵衛の忘れ形見である。

当時はまだ子供だった彦太郎も、二十歳前の大人になっていた。

三年前に母親と死別してからは、家業の煙草屋《たばこや》は放ったらかして、遊び人のような暮らしを送っていた。

なかなかに博才があり、小博奕《こばくち》ではあるが、ちょっと遊ぶくらいの小遣い銭は、こちらで稼いでいた。

特に乱暴を働いたり、非道なことをするわけではないが、このままではやくざ者になってしまう。

風太郎は、これまでにも決して口うるさいことは言わずに、時折は声をかけてやっていた。

八丁堀の同心が、親しげに声をかけてくれるので、彦太郎の亡父が御用聞きであったこともあり、町の者達は皆彼に一目置いていた。

それゆえ、彦太郎を悪事に引きずり込んでやろうという者はおらず、風太郎は利兵衛への回向《えこう》を果していた。

彦太郎は、父親の死は彼自身がしくじったと受け止めていて、風太郎に反抗はしなかった。

この日も、

「おう、彦太郎、近頃はどうでえ」

町で姿を見かけた風太郎が一声かけると、

「へえ、まあ、何とか暮らしておりやす……」

彦太郎は、はにかんで応えた。

家業の煙草屋は、開店休業状態で、町で遊び廻っている身を、彼なりに恥じてもいるらしい。

それでも、父親が人手にかかって命を落したという空しさは、大人になるにつれて募っていて、母親とも死別した今は、町へ出て騒いでいないと、気が晴れないのだ。

その辺りの感情は、風太郎にもわかっている。

「お前の死んだ親父も、お前くれえの頃は、町で遊び歩いていたそうな。いつかそいつが役に立つ時がくれば好いなあ」

「へい、畏《おそ》れ入りやす」

「まあせいぜい、今のうちに遊んでおくが好いや」

「旦那にそう言われると、遊んでいるのが辛くなりますよう」

「ははは、そこがおれの狙いさ。ひとつだけ言っておくぜ。博奕《ばくち》で方便《たつき》は立たねえよ。たまには煙草を売るが好いや」

「へい。どうぞ買ってやってくだせえ」

「ああ、買ってやるから、できるだけ店にいろ。それで、何かあったらいつでも言ってきな」

「そん時はよろしくお願えいたします」

彦太郎はぺこりと頭を下げた。

八丁堀の同心の前では大人しいというわけでもなさそうだ。

若い頃は気が迷い、理由もなく焦ってみたり、暴れてみたくなったりするものだが、ちょうど今は、彦太郎にとってその時分なのであろう。

命の危険のない内は、そっと睨みを利かしてやれば、いつか利兵衛の跡を継ぎたくなるかもしれない。

危なっかしい男ではあるが、ひとまずは無事に暮らしているようだ。

風太郎は、頭の中を整理して、改めて六之助との対決に備えんとしたが、その矢先に本所松井町《ほんじよまついちよう》で、鮎太郎《あゆたろう》という遊び人が殺されているのが見つかった。竪川端《たてかわ》で、刃物のような物で胸を一突きにされて息絶えていたのだ。

六之助の挑戦を受けている風太郎としては、遊び人のことにかかずらってはいられなかったのだが、喜六が聞き込んできたひとつの情報が、風太郎の胸を揺らした。

鮎太郎には、おせいという女房がいたのだが、数年前に夫婦別れをしていたらしい。

夫婦といっても、ただ引っ付いていただけの関係であったかもしれない。

どうせ女も、その辺の盛り場をうろついている毒婦だろうと思うと、おせいはかつて大店の薬種問屋で女中をしていたという。

その薬種問屋が、日本橋本町の〝美濃屋〟であった。

風太郎はそれが気になって、この取り調べを買って出た。

すると、おせいは十年前に〝美濃屋〟に暇《いとま》を願い出て、鮎太郎と所帯を持ったということがわかった。

十年前といえば、風太郎が、たまゆらの六之助が〝美濃屋〟を狙っているところに遭遇した時である。

未遂に終ったものの、〝美濃屋〟が名うての盗人に狙われていた事実が、その後の店に何か騒動をもたらしたかもしれなかった。

思えば、店にはこの先の用心を促したが、店内の事情などを丁寧に訊いてはいなかった。

店におかしな噂がたたぬようにと、主人が町方役人に一通り、付け届けをしたのも効いたのであろう。

「〝美濃屋〟のことは、そっとしておいてやるがよい」

と、年番方与力《ねんばんかた》からの指図があった。

それゆえ〝美濃屋〟は、六之助に狙われたが、ことなきを得た商家として、把握するだけに止まっていた。

しかし、六之助が狙ったのには、狙いたくなった何かが、そもそも店にあったのかもしれない。

風太郎は、まずおせいに会ってみたくなった。

鮎太郎についても訊いてみようと思ったのである。

その当時の〝美濃屋〟についても聞き出して、何か手がかりに繋がらないか探ってみよう――。

おせいのその後は、調べるのにいささか手間取ったものの、今は向島《むこうじま》の小梅《こうめ》村にいると知れた。

鮎太郎と別れた後、おせいは掛茶屋を人にさせて、自分は日々悠々と暮らしているらしい。

なかなかの商売上手なのか、鮎太郎と一緒にいた時に、鮎太郎からたっぷりと暮らし向きの金をもらっていたのか、その辺りはよくわからなかったが、

——どうも気になる。

のであった。

風太郎は喜六を従え、小梅村の掛茶屋におせいを訪ねてみた。

しかし、噂通り掛茶屋は老婆が少女と二人で切り盛りしていて、おせいは店にいなかった。

御上の御用であると、十手をちらつかせつつ、老婆からおせいの住まいを聞き出した。

そこは延命寺《えんめいじ》門前の、こざっぱりとした仕舞屋であった。

それ者あがりが、金持ちの旦那に落籍《ひか》されて暮らしているかのような粋な風情が醸《かも》されていた。

大店の薬種問屋で奉公をしていた女の住まいとは到底思えなかった。訪ねてみると、昼になろうとしているのだが、まだ起きたばかりの様子のおせいがいた。

おせいは、いきなり八丁堀の同心が、手先を従えてやって来たことに鼻白《はなじろ》んだ。浴衣《ゆかた》姿で、肩に半纏《はんてん》をすべらせた恰好のおせいであったが、風太郎の目には、なかなかに妖艶《ようえん》で男好きのする女に映った。

はっきりとした目をしばたたかせながら、

「何のご用でございましょう」

おせいは上目遣いに風太郎を見たが、

「いきなりですまなかったなあ。お前にちょいと知らせておきてえことがあるのさ」

風太郎がにこやかに声をかけると、おせいはたちまち警戒を解いた。

「それは、ありがとうございます」

「鮎太郎というのは、お前の亭主だった男だな」

「は、はい……。まったく、あんな男と一緒になったのは悔やんでも悔やみ切れないことでございました」

「まず、ろくな男ではなかったかい」

「はい。別れてせいせいしております。あの男が何かしでかしましたか？」

「いや、一昨日《おととい》、竪川辺で殺されていたのが見つかったよ」

「殺された……」

さすがにおせいも、前夫が殺されたと聞かされると、狼狽《ろうばい》の色を隠せなかったが、すぐに神妙な面持ちとなり、

「まあ、ろくでもない男でしたから、殺されたっておかしくはありませんが……」

畏まってみせた。

「何か、思い当ることはねえかい」

「いえ、もう何年も会ってはおりませんし、忘れてしまおうと努めておりましたので」

「そうかい。お前は見たところ、抜け目のねえ女に見えるが、おかしな男に引っかかっちまったんだなあ」

「お恥ずかしゅうございます。あの頃は、わたしも世間を知らなかったのですねえ……」

鮎太郎は以前、薬の行商をしていたことがあり、〝美濃屋〟に出入りしていた。

そこでおせいを見初めて、妻に望んだそうだが、

「その頃は、真面目そうな人に見えたのですよ」

おせいは溜息をついた。

「ろくでもねえ男でも、殺されちまうとは哀れだぜ。まあ、今日一日くれえは、お天道様に向かって手を合わせてやりな」

「はい……。承知いたしました……」

「何か思い当ることがあれば、定廻りの春野風太郎に伝わるようにと、番屋へ届けてくんな……」

風太郎は、ひたすら畏まるおせいにそう言い置くと、その場を立ち去った。

喜六は、何度も仕舞屋を振り返って、

「殺された鮎太郎よりも、もっとうさんくせえ女ですぜ」

と、苦々しい表情を浮かべた。

風太郎が存外にあっさりと聞き取りを終えたのが不満であるようだ。

「あの女と話すより、〝美濃屋〟の主と話した方がよさそうだぜ」

風太郎は、おせいと話してみて、閃《ひらめ》くものがあったようだ。

五

八丁堀の組屋敷へ戻ると、日が暮れてから〝美濃屋〟の主人・住蔵《すみぞう》が訪ねてきた。

おせいを訪ねた後、春野風太郎は、見廻りの中に、〝美濃屋〟へ立ち寄った。

そして住蔵に、変わったことはないかと声をかけた後、

「随分前に店に出入りしていた、鮎太郎が殺された。奴は女中のおせいと所帯を持っていたそうだな。その辺りの話を聞かせてくれぬか」

と、耳打ちした。

差紙《さしがみ》を送って奉行所に出頭させてもよいのだが、おせいの名を出した時の住蔵の表情が、何やら落ち着かなくなったので、大ごとにせず、そっと話を聞こうとしたのである。

風太郎の気遣いを察した住蔵は、これに素直に応じたというわけだ。

「おせいは何か言い立てているのでございますか？」

訪ねてくるや、住蔵は風太郎に問うた。とにかくここだけの話にしてもらいた

いという願いが顔に出ていた。

「いや、今のところは何も言ってはおらぬよ。それゆえ、美濃屋の主からあの女のことを聞いておこうと思ってな」

「それは、忝《かじけの》うございます」

「おせいは十年前に店で奉公していたが、暇乞《いとまご》いをした……。それは鮎太郎と一緒になるためだけではなかったようだな」

「はい……」

「そもそもおせいは、どうやって〝美濃屋〟の奉公人に？」

「ちょうど長年勤めていた女中が、縁付いて店を出たので、代わりを探していたところ、口入屋から好いのがいますよと勧められたのでございます」

近頃、二親を亡くし、相州戸塚《そうしゅうとつか》から江戸へ出てきたのだが、働き者で朗らかで、きっと気に入ると言われたのだ。

それで雇ってみると口入屋の言う通りで、薬種問屋が陰気だと、薬の効き目も疑われるというものだが、おせいが店にいるだけで、薬臭い店内が明るくなった。

喜んでいるうちに、住蔵は次第におせいに魅了されていった。

おせいは住蔵と二人になった時は、

「わたしは、いつか嫁ぐなら、旦那様のようなお人が好いです」

などと、ぽつりと呟いてみせたものだ。

またある時は、

「誰かに嫁がなくても、死ぬまで好いたお人を思う生き方もよいのではないかと、近頃は思うようになりましてございます」

などと溜息交じりに言った。

住蔵は、次第におせいが自分を慕っていると思うようになった。

思わせぶりなおせいの仕草や態度に堪え切れず、住蔵はある夜、人知れずおせいを抱いてしまった。

それからは夢心地で、よい折を見て、おせいに暇をとらせ、どこかに囲って、密かに自分が面倒を見てやってもよいと考え始めた。

しかし、おせいは手練手管《てれんてくだ》で、これを逆手にとって、

「旦那様……、どうかわたしにお暇を下さいまし……」

と、住蔵に伝えた。

自分は住蔵を慕っているが、〝美濃屋〟の内儀には随分と世話になり、このままでいるのが申し訳なくてならない。

それゆえ、暇をいただきたいと願ったのであった。

言外には、住蔵が自分に迫ったと内儀に訴え出るという脅しが含まれていた。自分には、そもそも末を誓った鮎太郎という男もいる。彼に対しても申し訳なくてならないと、おせいは重ねて言った。

ことと次第によれば、鮎太郎をけしかけるという、さらなる脅しを付け加えたのである。

住蔵は、おせいの本性に気付き恐れを抱いた。

ここは、奉公人が嫁ぐのを祝い、暇を与えてやる寛大な主人を演じるしかないと思い、祝いの他にまとまった手切れ金を、おせいにそっと渡したのである。

おせいは、その金をせしめて情夫の鮎太郎と一緒になり暮らし始めたが、元よりやくざな男と女は、その後すぐに衝突し、夫婦別れに至ったと思われる。

「なるほど、これはしてやられたな……」

風太郎は、おせいがまともな女ではないと見てとって、念のため話を聞いておこうと思ったのだと住蔵に言った。

「春野様、このことは何卒……」

「わかっているよ。あの女はどうも気に入らぬ。この先、昔の話を持ち出して何か言ってきたら、世の中を侮るなと意見して、痛い目に遭わせてやるさ」

「ありがとうございます……」

「そういう女だ。鮎太郎殺しにも何か関わっているかもしれぬ。さらに取り調べてやろう。いや、よくぞ話してくれたな」

「わたしも何やら胸のつかえがとれましてございます。内々の話にしていただきまして、重ねてありがとうございます……」

住蔵は平身低頭して、組屋敷を出た。

その折に、菓子折と心付けを置いていったが、これで後難はなかろうと、安堵の表情を浮かべていた。

風太郎は、すぐに喜六を呼び出すと、〝美濃屋〟に出入りしていた口入屋を捜させた。

口入屋が住蔵に伝えたおせいの身上《しんじょう》に誤りがなかったか、確かめておきたかったからだ。

おせいならば、手練手管《てれんてくだ》で口入屋をたらし込み、自分の都合の好いように出自をごまかすことも出来たのではないか――。そのような気にさせられる。

喜六はすぐに当ったが、

「旦那、そん時の口入屋は、七年前に病で死んでおりやした」

とのことであった。

おせいの謎はさらに深まった。

「鮎太郎殺しには、やはりおせいが絡んでいるのでしょうかねえ」

喜六は首を傾げたが、

「いや、直に関わっちゃあ、いねえだろうが、どうもすっきりしねえんだなあ」

風太郎は、あるひとつの疑念が、少しずつ頭の中でひとつになっていくのを覚えた。

すると、喜六の報告を受けた直後に、小間物屋の礼次《れいじ》が風太郎を訪ねてきた。

礼次は上方下りの男で、色里や女の噂に精通している。風太郎を慕い、これまでも様々な情報をもたらしてきた。

「春の旦さんに、ちょっとお知らせしておこうと思いまして」

いつもながらに、愛敬のある上方言葉で話したところ、

「旅のお人から、玉の簪《かんざし》を女に贈り届けてくれと言われましてね……」

注文を受けて届けたところが、三十絡みのなかなか色っぽい女のところであったという。

男が女に簪を贈るのは、婚約の意味がある。

贈り主も三十半ばで、旅の小商人風であったが、

「ご自分でお渡しになった方が、よろしいのやおませんか」

と、勧めたものの、

「いやいや、ちょっとばかり驚かせてやろうと思ってね」

旅の男は、礼次に届けてもらいたいのだと頼んだ。

「お前さんは、なかなかおもしろい小間物屋さんだと噂に聞いてね。任せてみれば、上手く渡してくれると思いましてねえ」

男は金も気前よくはずんで、赤い玉の簪を選ぶと持参した桐の小箱に入れて託《ことづ》けた。

名も告げず、

「とにかく渡してくれたらわかりますから」

男はそのまま立ち去った。

それで、礼次が言われた通りに、女を訪ねてその由を告げると、

「へえ、誰だろうねえ。なかなかおもしろいことをするじゃあないか」

女は、礼次の顔をしげしげと見つめながら応えたが、さのみ簪には興《きょう》がそそ

られないという様子であった。

未《いま》だ容色《ようしょく》が衰えないこの女には、このように簪を送り届けてくる男は、珍しくないのであろう。

彼女にとっては、色白の二枚目で上方訛《なま》りにおもしろみのある礼次の方に興がそそられるらしい。

——嫌な女や。

礼次は、この女が気にくわなかったが、

「まあ、とにかく託かった物を、検めてくださいまし」

女が、家に上がっていけと勧めるのも遠慮して、土間から上がり框《かまち》に置いた件の桐の箱を押しやった。

女はにこやかに頷いて、

「そうだったね。確かめたら簪を、あたしの髪に挿してみておくれな」

と、箱を開けてみた。

中には赤い玉の簪に、結び文が添えられてあった。

「これは……」

女は、それを見た途端に顔色を変えた。

そして礼次を見て、

「確かに受け取ったよ。ご苦労さんだったたねえ」

そう言うと、そのまま奥へ入ってしまったという。

「何やらおかしな話ですやろ。それでひとまず旦さんの耳に入れておこうと思いましてね……」

礼次は一通り話すと、腕組みをしてみせた。

まず旅の男が気になった。

礼次についての噂を聞き及んでいるというのが不気味であった。

いったいどのような噂なのか。小間物屋ながら、春野風太郎の手先のように動き廻っているということなのであろうか。

女もまた、まともな者とは思えなかった。

色ごとに通じ、あらゆる女を見てきた礼次には、実に気になるのであった。

「なるほど、そいつは妙な話だな。お前がおれに知らせたくなったくれえだから、男も女も随分と怪しげだったたんだろうな。で、簪を届けた女というのは、どこの何という女だ？」

風太郎の頭の中で、ある女の顔が浮かんでいた。

「へい、小梅村のおせいという女です……」

「そうかい。だんだんと読めてきたぜ」

風太郎は、思い入れをすると、すぐにおせいを番屋へしょっ引くよう、喜六に指図をしたのである。

六

「おせい、よく来たな……」

「そりゃあ、お前さんに会えるなら、何を置いたっててくるさ」

「おれに居処《いどころ》を知られた上は、どこにも逃げられねえと観念したか」

「そんなんじゃあないよ。あたしは嬉しかったんだよ。お前さんが、好みの簪を覚えていてくれたのがさあ」

「心にもねえことを言うんじゃあねえや。おれを丸め込んで、あの日のことは、なかったことにするつもりなんだな」

「まさか。お前さんが恐いなら、わざわざ会いに来やしないよ」

「そこを会いに来るのが、お前の凄みだなあ。いや、好い度胸をしているぜ」

「やかましいやい！　いきなり寝込みを襲ってやってもよかったが、お前をここに呼んだのは、会ってけりをつけたかったからさ」

「ちょいと六さん……」

春野風太郎が、おせいをしょっ引かんと決断した、その少し前のこと。

おせいは延命寺の境内の片隅で、男と会っていた。

相手は、礼次が遣いを頼まれたという旅の男であった。

そして、この男こそ、たまゆらの六之助であった。

結び文の端二か所に黒い筋が描かれていた。それが六之助の印である。

一目見ておせいが動揺したのはそのせいであった。

礼次が帰った後、結び文を開くと、すぐにここへ来るようにとあった。

礼次に託けながらも、六之助はおせいの傍にいて見張っているのは明らかで、すぐに逃げたかったが、下手に動いてもかえって命を狙われると、おせいは察していた。

そうして、十年ぶりの再会を、二人は果しているのである。

「許しておくれよ。あの時は、御用聞きの利兵衛が嗅ぎ廻っていると知ったんだ。それで下手に木戸を開けちゃあいけないと思って……」

「それで、おれが宙に投げた石を、塀越しに見ながら、裏木戸を開けなかったってえのかい」

「そういうことさ。開けたらお前さんは、見つかっていたよ」

「開ける前から見つかっていたさ。何を隠そう、あの夜、おれが〝美濃屋〟を襲うと訴人《そにん》したのはお前だからよう」

「ちょいと六さん……」

「こいつを、そっと利兵衛に渡るように投げ文をしたのはお前だ……」

六之助は、色あせた小さな紙片をおせいに見せた。

おせいは青ざめた。

「こいつはお前の手によるものだな」

十年前、思わず利兵衛を匕首で斬った時、彼の懐からこれがこぼれ落ちた。

六之助は素早く拾って逃げたのだ。

「引き込みに入ったお前に、まさか裏切られるとは思わなかったぜ」

「待っておくれよ……」

「やい、どうしておれをはめやがった」

「あんたがいけないのさ」

「何だと……」

「女房子供は大事に大事に扱って、あたしには危ないことばかりさせていた。それが憎くて、ちょいと魔がさしたのさ」

「おれの女房と子供は素人でお前は盗人だよう。きっちりと分け前を渡していた仲間じゃあねえか。小娘みてえなことをぬかすんじゃあねえや」

「つれないことを言うんだねえ」

「誘ったのはお前の方だ。命を共にかける相手と思って情《なさけ》を交わしたが、盗人仲間としてお前に不義理をしたこたあねえぜ」

おせいはかつて、六之助の配下で〝美濃屋〟へ引き込みとして入ったのだが、その間に鮎太郎とわりない仲となり、彼の勧めで危ない盗みには手を出さず、美濃屋住蔵から金を引っ張ることを思いついた。

そうなると、情を交わしてまで従った、たまゆらの六之助が疎ましくなり、ちょうど六之助探索に命をかける御用聞き利兵衛のことを知り、投げ文をしたのだ。

利兵衛は、どんな疑わしきことでも、六之助探索となれば、骨身を惜しまないと聞いていた。

投げ文の内容が怪しくとも、出張ってくるはずだ。

おせいにとってはひとつの賭けであったが、おせいは、自分が六之助の仲間だと悟られないよう、立廻る自信があった。

するど、これがまんまとうまくはまった。

利兵衛は命を落したが、見習いながら腕利きの同心がその場に出くわし、六之助を追い込んだという。

同心に顔を見られたのだ、六之助は滅多なことでは、江戸に戻られまい。

おせいは鮎太郎と組んで、〝美濃屋〟から金を引っ張った。

その額は五十両で、六之助からもらう分け前は百両であったが、こちらで稼ぐ方が気楽だと踏んだのだ。

「お前がしたことは、何もかもわかっているんだぜ」

六之助は乾いた目でおせいを睨みつけた。

おせいは思い入れをして、

「あの日のことは、鮎太郎が何もかも仕組んだんだよ。あたしが六さんのことで気に病んでいたところに、あいつはずかずかと入ってきて、あたしをそそのかしたんだよ。悪いのはみな鮎太郎なんだよ」

おせいは、ここぞと六之助に縋った。

六之助は、能面のような表情を崩さない。

日頃は、どんな時でも陽気で明るい表情を浮かべることで、ツキを呼び込んできた男だが、盗人の掟には誰よりも厳しい。

「何もかも鮎太郎におっかぶせるのかい？　ふん、死人に口なしってやつかい」

おせいは顔をひきつらせた。

「鮎太郎が死んだのは……。まさか、お前が……」

六之助は、それには応えず、

「おれは、五年前に、あんときの片をつけに江戸に入ったが、定廻りの同心に邪魔をされて、果せなかった」

「定廻りの同心……。春野風太郎という同心かい」

「ああ、そうだ。十年前も五年前も、あの旦那には勝てなかった。だから今度は、おれが江戸にいることを知らせた上で、ことごとく出し抜いてやろうと思ったのさ」

「その手始めに、鮎太郎を……」

「あの野郎はろくでもねえ野郎だから、死ぬべくして死んだ……。というところだろうよ」

おせいの足が竦《すく》んだ。

辺りは日暮れて、少しずつ二人の姿を闇に包まんとしていた。

七

おせいをしょっ引かんとした春野風太郎であったが、礼次から話を聞いた時には、既におせいは家を出ていた。

そしてその翌日。

延命寺裏手の地蔵堂の脇で、胸を一突きにされて死んでいるおせいが見つかった。

「まったく、してやられたぜ……」

風太郎は歯噛みした。

十年前、〝美濃屋〟の裏木戸の前をうろうろとしていた六之助は、店内に引き込みの者を送り込み、それと示し合わさんとしているかのように映った。

しかし、裏木戸が開くことはなかった。

その後、〝美濃屋〟は取り調べられたが、怪しむべき奉公人は見当らなかった。

当時見習いであった風太郎は、その調べについては古参の同心に譲っていたし、おせいの本性までは見抜けなかった。

今となって思えば、あの時おせいは、主の住蔵を籠絡《ろうらく》していたので、怪しまれずにすんだのだ。

それが、十年たった今、芸者のお松によって、六之助が五年ぶりに江戸へ入ったことを知らされた。

さらに、鮎太郎が殺され、そこからおせいという女が、かつて〝美濃屋〟に奉公していて、鮎太郎とは一時夫婦であったと知れると、今度は小間物屋の礼次から、六之助と思しき男から、おせいに簪を渡すよう頼まれたと告げられた。

お松といい、礼次といい、六之助は風太郎の身辺を調べあげ、わざと接触して、

「おれは旦那の傍にいるよ。さあ捕えてくんな……」

と、言わんばかりに挑発してきたといえる。

しかも、毎度僅かに風太郎は先を越されてきた。

そのもどかしさを与えることが、六之助にとっては、

「してやったり」

というところなのであろうか。

おせいと鮎太郎を殺したのは、六之助に違いなかった。

六之助は、おせいを引き込みとして〝美濃屋〟へ送り込んでいたが、おせいに裏切られた。

六之助としては、どうあってもそのけじめだけはつけておきたかった。

それゆえ、再び江戸に現れたのに違いない。

本当のところは、五年前に片をつけたかったのであろうが、二人を始末する前に、女房子供の顔を一目見ておきたかった。

ところが、ここでも春野風太郎に踏み込まれ、鮎太郎とおせいを殺すことが叶わなかった。

六之助は、これを借りと捉えて、さらに五年たった今、風太郎を翻弄《ほんろう》しつつ二人を始末して、借りを返したのであろう。

「まったく、なめた真似をしやがって……」

喜六は大いに憤ったが、

「だが、今時、こんな物好きな野郎もいるんだなあ」

風太郎は、傍にいながら見えぬ敵に、少しばかり愛着を覚えていた。

鮎太郎は、調べれば調べるほどに、人の弱みにつけ込んで、とことん金をむしり取る、悪事を働いていたことがわかった。

おせいも、六之助を裏切ったのだから、盗人の掟によって始末されたとて仕方がない女であった。

「そういう二人ゆえ、あっしの手で息の根を止めてやりました」

わかってくれとは言わぬが、風太郎が守る法があれば、六之助が守らねばならない法もあるのだと、この盗人はそっと語りかけてくる。

しかも、風太郎の周りの者に接触して伝えるのは、酔狂《すいきょう》にもほどがある。

「ならば、奴の次の一手を読んでやるぜ」

風太郎は、自分と同じ技量の相手と、剣術の立合をする時の楽しさに似た、心地よさを覚えていた。

「六之助の野郎、次はどこに出てきやがるのか……」

頭を捻ると、

「十年前に、盗みに入れなかった〝美濃屋〟をもう一度狙うんじゃあねえですかい」

喜六が推量した。

「なるほど、〝美濃屋〟を襲ってこそ、おれに借りを返せると考えている……。

うむ、そうかもしれねえな」

「〝美濃屋〟を見張りやすか」

「それも好いが、六之助は〝美濃屋〟を狙う前に、気がかりなことを片付けようとするんじゃあねえかい」

「最後の大仕事の前に、しておきたいこと……。そいつはいってえ……」

「奴が、何よりも悔やんでいるのは、おせいの本性を見抜けずに、引き込みに使ったことだろうな」

「へい。まだその辺が若造だったってことでしょうねえ」

「それと、まだほんの若造だったおれに、あとをつけられたこと。もうひとつは……」

「御用聞きの利兵衛親分に姿を見られて、追いかけ廻されたことでしょうねえ」

「そういうことだ。おれとの決着をつける前に、利兵衛との決着をつけておきてえ……。そう思っているのかもしれねえな」

風太郎は、腕組みをして、きっと宙を睨んだ。

八

「まったくついてねえや……」

その夜、彦太郎は浜町《はまちょう》河岸に出ているおでんの屋台店で、苦い酒を飲んでいた。

博奕の才はなかなかのもので、それでいて大きな賭けはせず、ほどよく遊ぶに止めている彦太郎であった。

父親が、名うての御用聞きであったのが、家業の煙草屋を放っておいて遊び廻る日々に、それなりに歯止めをかけているといえる。

だが、亡き父の幻影がいつも自分に付きまとい、周囲の者もそれがゆえに、どこかよそよそしいのが、彼を堪《たま》らなく空しくさせる。

その空しさから逃れるために、また博奕に走る。それの繰り返しであった。

博奕に興じていると、一時何もかも忘れられるのだ。

とはいえ、こんな暮らしを送っていても、何も身にならないのはわかっている。

わかってはいるが、自分一人が方便《たつき》を立てるために煙草屋をするなどつまらない。

女房をもらい、店を任せて、父のように御用聞きになるのにはまだ若過ぎる。何くれと気にかけてくれる春野風太郎に甘えて、どこかへ修業に出ればよいのかもしれないが、盗人の手にかかって死んでしまった父を思うと、どうもその気になれない。

先日、風太郎に声をかけられた時は、何やらほっとした。

すると、あれから博奕に勝てなくなった。

大きな賭けはしないので、大負けもしないのだが、勝負ごとに負けると、気が滅入《めい》る。

こうなれば酒でごまかすしかないと思い、彦太郎は今、屋台で飲んでいるのだ。

屋台の前には、長床几が置かれてあった。

そこに腰かけ飲んでいると、いつの間にか一人の男が横に座って、おでんで一杯やっていた。

男は中背で引き締まった体付き。少しくだけた様子は、小粋な職人といったところだ。

「兄さん、ついてねえと嘆いていたが、博奕に負けたのかい」

男はにこやかに声をかけてきた。

「へい、まあそんなところで……」

三十半ばで、ともすれば説教をされるかもしれない。こういう相手は適当に受け流しておけばよい。

そう思って生返事をしたが、

「博奕はおれも好きだが、時をかけるわりには、大した儲けにもならねえ。好い暇潰しにはなるが、潰すほど暇があるってえのは情けねえ話だ」

男は淡々と話しかけてくる。

「他にもっとすることがあるはずだ。そう思って、おれはやめたよ。兄さんもやめた方が好いぜ」

決して説教をするわけでもなく、男の話にはえも言われぬ、温かみと、おもしろみがあった。

彦太郎の脳裏に春野風太郎の顔が浮かんだ。

「そうですねえ。ちまちまと賭けていたって埒《らち》が明かねえや。他にすることを見つけますかねえ」

「それがいい。こいつで最後の大勝負をしてくるが好いや」

男はそう言うと、ずしりと重たい革財布を彦太郎の前に置いた。

「こいつは……？」

「二十両ほどある。勝っても負けても、それで博奕から足を洗いな」

「そいつはおもしろそうだが、負けたらこの金、返せませんや」

「貸すんじゃあねえ。そっくりやるよ」

「あっしにくれてやると？　こいつはおからかいを……。そんな謂《いわ》れはありませんや」

「お前は、利兵衛親分の息子だろう」

「へい……。親父を知っていなさるので？」

「ああ、ひとかたならねえ世話を受けた。だから、受け取ってもらいてえ」

「いや、しかし……」

「いいからもらってくれ。どうせ汗水流して稼いだ金じゃあねえ。その金で、思い切り賭けておくれな」

「お前さんはいってえ……」

「ちょいと小便をしてくらあ……」

男は金を置いたまま、小走りでその場から離れた。

「ちょっと兄ィ……」

彦太郎は、革財布を手に呼び止めたが、男はたちまち河岸の松並木の向こうへ姿を消した。

男は用を足しに立ったのではない。彦太郎に金をどうしても渡したかったのだ。

彼はたちまち柳原《やなぎわら》の土手に達したが、月明かりに浮かぶその顔は六之助であった。

いつしかその手には、細長い薦《こも》包みが握られていた。

――これで許してくれとは言わねえが、少しはお前さんの倅《せがれ》の役に立てたかもしれねえ。

心の中で、自分が手にかけた利兵衛に手を合わせていた。

その刹那《せつな》、

「思った通りだったぜ」

土手から一人の武士が現れた。

帷子《かたびら》の着流しに、太刀を落し差し。羽織を肩に担いで立ちはだかったのは、春野風太郎であった。

「さすがだねえ……」

六之助は、彼もまた風太郎が自分の前に現れると予想をしていたのか、少しも動じず、逃げ出す様子もない。

「すぐに〝美濃屋〟を襲わずに、まず利兵衛の倅に会う。お前はそういう男だと信じていたぜ」

「五年前に、何もかもけりをつけたかったんですがねえ。誰かさんのせいで、女房子供に会うのが精一杯だった。それで出直してきたんだが、後もうひとつというところで見つかっちまいやしたよ」

「何言ってやがるんだ。手前で見つかるように仕向けやがったくせによう」

「旦那に気付いてもらいたかったんですよう」

「おれを悔やしがらせようとしたのかい」

「いや、旦那に会いたかったんですよう」

「おれも会いたかったぜ。お前を捕まえるのは、ちょいと哀しい気になるが、決着はつけねえとな」

「そんならこちらで」

「逃げねえのかい」

「もう旦那から逃げるのはごめんだ」

「ひとつ訊かしてくれ」

「へい」

「御用聞きの利兵衛は、あん時、どうしてお前が〝美濃屋〟を狙うとわかったんだ」

「女があっしを裏切って、投げ文をしたんですよう」

「やはりそうかい。お前ほどの男でも、性悪女にしてやられるんだなあ」

「若かったってことでさあ。あれから引き込みは使わねえようにいたしやしたよ」

「性悪女に痛え目に遭わされる。そういうところは嫌いじゃあねえぜ」

「そいつはよかった。そんなら決着を……」

「そうだな」

六之助は薦包みから、長脇差を取り出した。

風太郎は太刀を抜きつつ、

「誰も手出しはするんじゃあねえぞ！」

と、方々の闇に紛れる竹造、喜六達手先に伝えた。

六之助はニヤリと笑うと、長脇差を抜きざまに宙に飛んで真っ向から斬りつけてきた。

風太郎は下から撥ね上げた。

闇夜に火花が散った。

二人はそこから二、三太刀斬り結ぶと、互いにさっと飛びのいた。

「たまゆらの六之助、元は武士か……」

「浪人者の子でさあ」

「盗人には惜しい腕だ」

「といって、武士でいたとて、今の御時世じゃあ、使いものになりやせんよう」

「心中、お察しいたす……」

「よしておくんなせえ！」

六之助は右に廻りながら再び斬り込んできた。

風太郎は怯まず前へ出て、鍔迫《つばぜ》り合いをさらりとかわして、柄頭《つかがしら》で六之助の右の肩を丁《ちょう》と打った。

その衝撃で、六之助は長脇差を取り落した。

「たまゆらの六之助、神妙にいたせ」

風太郎は、六之助の目を真っ直ぐに見て、静かに言った。

「畏れ入りましてございます……」

六之助は、その場で手を突いた。

彼の表情は晴れやかであった。

土手の物陰から、次々に竹造、喜六達手先が姿を現し、六之助に縄を打った。

「旦那……、利兵衛親分が死んだのは、あっしのしくじりでございました。旦那が気になさることはございません」

六之助はそれだけを告げると、引っ立てられていった。

一陣の風が土手の柳を揺らした。

風太郎は、しばし夜風に身を任せながら、ゆっくりと白刃を鞘《さや》に納めたのであった。

九

それからしばらくして、春野風太郎の組屋敷を、儒医の原口楽庵が訪ねてきた。

このところ風太郎が、十年に及ぶ宿敵との対決を終えた安堵からか、務めの他はむっつりと押し黙り、家に引っ込んでいると聞きつけたゆえのおとないであった。

しかし、もうひとつ、

「ちと気にかかることがございましてな」

それを訊ねたかったという。

風太郎は大いに喜んだ。

名高い盗人を捕えたのはよいが、人の世の空しさに襲われていた。

六之助は、元は武士であったそうな。

逃げる側と捕える側とに分かれてはいたものの、六之助とは似た者同士であったと思えてならない。

自分は同心の息子に生まれ、六之助は貧乏浪人の子に生まれた。

それはたまさかの運命の悪戯で、一歩間違えば、風太郎が縄を打たれたはずであった。

さらに、気配を消して、そっと江戸に入ればよいものを、お松や礼次を通じて、己が姿をさらしたこの度の行動は、やけになって捕まりに来た、そんな気がしてならなかった。

そう考えると、捕えた風太郎には、哀しさばかりが残るのであった。

こんな時、儒者であり医者である楽庵のような、〝大人〟が訪ねてくれるのは、心の支えとなるはずだ。

人の世の幸不幸、空しさ、楽しさといった話が、今の風太郎には大事であった。

「まずは先生、そのちと気にかかることというのを承りましょう」

「そうさせていただきましょう」

楽庵が語るには、先日、見知らぬ旅の男がいきなり訪ねてきて、

「不躾《ぶしつけ》ではございますが、先生のお噂を聞いて参りました。お礼はたっぷりといたしますゆえ、わたしの命の綱の長さを測ってはいただけませぬか」

と願った。

数年前から胸に病を抱えていて、いつ死んでしまうかに悩まされてきたという。

見たところ、なかなか味わい深げな男であったし、すぐに診立てた。

「それで、その男の具合は、どうだったのです？」

「わたしの見たところでは、そう長くはないと……。おまけに心の臓が、かなり傷んでいましてな」

「そうでしたか……」

「もっとも、もう長くはないとは告げずに、心と体を休めないと、長生きはでき

ませんよと言っておきましたが」

「しかし相手は、診立ててもらうまでもなく、それに気付いていたのですかな」

「そう思います」

「旅の男の名は？」

「三之助とか」

「なるほど……」

「もっと早く、この話をしたかったのですが、このところお忙しそうでしたから」

「はい。その男のお蔭で、暑い夏を過ごしておりました」

「ほう……」

楽庵は、きょとんとした表情で風太郎を見た。

風太郎はにこやかに頷いてみせた。

たまゆらの六之助は、自らの死期を悟っていたのだ。

それゆえ十年前のことに決着をつけるに当って、宿敵・春野風太郎と渡り合ってみたいと考えたのであろう。

しかも、風太郎がニヤリと笑えるような仕組をもって、後で自分の足跡がわかるように動いたのだ。

——そういうことだったのか。

思えばおもしろい男であったと、風太郎は宿敵をしばし懐しんだ。

「いや、その男のお蔭で、わたしも一人前の同心になれたと言うべきですかな」

そして風太郎は、楽庵にこのところの忙しさの理由をゆったりと語り始めた。

たまゆらの六之助が、取り調べを待たず、獄中で病死したと知らされたのは、その翌日のことであった。

光文社文庫

文庫書下ろし／長編時代小説
父子《おやこ》桜《ざくら》　春風《しゅんぷう》捕《とり》物帖《ものちょう》(二)
著者　岡《おか》本《もと》さとる

2025年4月20日　初版1刷発行

発行者　三宅貴久
印刷　萩原印刷
製本　ナショナル製本

発行所　株式会社 光文社
〒112-8011　東京都文京区音羽1-16-6
電話（03）5395-8147　編集部
8116　書籍販売部
8125　制作部

ISBN978-4-334-10616-4　Printed in Japan

組版　萩原印刷

岡本さとるの
長編時代小説シリーズ

「若鷹武芸帖」

父を殺された心優しき若き旗本・新宮鷹之介。
小姓組番衆だった鷹之介に将軍徳川家斉から下された命——。

滅びゆく武芸を調べ、それを後世に残すために武芸帖に記す——。

癖のある編纂方とともに、失われつつある武芸を掘り起こし、その周辺に巣くう悪に立ち向かう。

(一)若鷹武芸帖
(二)鎖鎌秘話
(三)姫の一分
(四)父の海
(五)二刀を継ぐ者
(六)黄昏の決闘
(七)鉄の絆
(八)相弟子
(九)五番勝負
(十)果し合い

岡本さとるの好評傑作

さらば黒き武士《もののふ》

KOBUNSHA